Im Getöse der Brandung

Reise ohne Wiederkehr

Brasilien,1978

Wohnt doch die Stille im Lande der Seligen,

und über den Sternen vergisst das Herz

seine Not und seine Sprache.

Friedrich Hölderlin:
(Hyperion)

Im Getöse der Brandung
Reise ohne Wiederkehr
Brasilien, 1978

Erzählung

von

Michael Oczipka † 1991

Herstellung und Verlag:
BoD - Books on Demand,
Norderstedt

Bibliografische Information der Deutschen
Nationalbibliothek:

Die Deutsche Nationalbibliothek verzeichnet diese Publikation in der
Deutschen Nationalbibliografie.
Detaillierte bibliografische Daten sind im Internet über

http://dnb.d-nb.de abrufbar.

Herstellung und Verlag:
Books on Demand GmbH,
Norderstedt

ISBN: 978-3-8482-5172-8

Inhaltsverzeichnis

Die Ankunft

Eingestimmt durch die Reise, deren Unwirklichkeit und Unvermitteltheit nur mit einem Kaiserschnitt zu vergleichen ist: man wacht aus der Betäubung, die der Narkose folgt, auf und sieht neben sich einen Säugling liegen, hört seine Schreie der Verzweiflung und der ersten Selbstbehauptung.

Man nähert sich also nicht seinem Ziel, sondern wird auf schmerzliche Weise transponiert, in einem Dämmerzustand, dessen Ähnlichkeit mit einem Krankenhausaufenthalt durch Pseudoschwestern in ihrer absurd orangebraunen Tracht, durch das Eingesperrtsein, die Auslieferung und durch das Wecken am anderen Morgen um vier Uhr, bei der ersten Morgenröte, schlagend ist. Sogar die Radioapparate funktionieren nach demselben Stöpselprinzip.

Die Zwischenlandung in Casablanca, an der nordwestlichen Küste Afrikas, hatte dementsprechend die Qualität eines Alptraums. Plötzlich war eine stumme Bewegung in den Wartenden, zwischen den Füßen, die mit normalen europäischen Straßenschuhen auf dem braungefleckten Teppichboden ein vertrautes Muster bildeten, schnellte sich, urtümlich in ihrer Behaarung, auf hohen Beinen, leuchtendsandbraun eine Vogelspinne durch den Warteraum... Eine Vorbedeutung in der nächtlichen Kühle des Saharawindes?

Als das Flugzeug die brasilianische Küste entlang flog, sah Thomas zu seiner Überraschung in der Tiefe nicht die glatte Schwärze des Urwaldes, sondern Lichterketten, als handele es sich um eine Landschaft in Mitteleuropa, wo auch in die entlegensten Gebiete die Straßenbeleuchtung Einzug gehalten hat.

Endlich nach dem Abstieg aus der Flugebene schwebten sie über der Bucht von Guanabara, und er hatte seine Enttäuschung nicht vergessen. Über dem Festland hatte eine dichte, fast geschlossene Wolkendecke gehangen, die sich über der Bucht in verflochtene Nebelschleier verwandelte. Der Unsicherheit Lenas hatte er entnommen, dass das Wetter in Brasilien zu dieser Jahreszeit durchaus sehr kühl und regnerisch sein konnte und - gewohnt, immer das Schlimmste anzunehmen - hatte er befürchtet, aus dem Sommer in Deutschland in den Winter Brasiliens zu gelangen, schrieb man doch erst den 26. Juli. Seine Verwirrung durch den Flug ließ ihn gar nicht auf das Naheliegende kommen, dass der in Küstengebieten übliche Morgennebel seine Angst verursacht haben könnte. Die Vielfalt der Felseninseln, die mit heulenden Triebwerken überflogen wurden, war wie eine Verheißung.

Die Müdigkeit der Liebenden war so schwer, als könnten sie nie mehr wach und fröhlich werden. Endlose, menschenleere Gänge nahmen sie auf, ein Kind fiel mit alabasterfarbenem Gesicht in die Arme seines Vaters. Der schwarze Zollbeamte, ein älterer Herr, sang in seiner Kabine, als wäre er dabei, die Morgenarbeit in seiner Plantage in Angriff zu nehmen.

Thomas war gespannt, wie die ersten Sätze in der fremden Sprache aus Lenas Mund wohl klingen mochten. Mit einem befreiten Lächeln glitten die merkwürdigen Vokale über ihre Lippen, so dass Thomas staunte und sich darauf freute, mehr und häufiger davon zu hören. Ihr erster Gang führte sie zur Flughafentoilette, eine unvorstellbar lange Zeit hatten sie dieses Bedürfnis unterdrückt; das Gefühl, wieder festen Boden unter den Füßen zu haben, war eine Befreiung. ,Merkwürdig', dachte Thomas, ,wie mag es den Reisenden vor einer Generation gegangen sein nach zweiwöchiger Seefahrt, und wie mag es der nächsten Generation auf den internationalen Flughäfen ergehen?'

Das Schwindelgefühl verstärkte sich. Wenn Thomas seine Augen schloss, fühlte er, wie seine Beine wegsackten, und er in seinen Augen krampfhaft Halt suchen musste. Die feuchtkühle Luft vor der Tür empfing sie, entlassen in die Wirklichkeit dieses Landes, von dem Thomas nur Andeutungen und Kindheitsträume kannte, wo Lena aber ihr Erleben und ihre Jugend aufholen wollte, die unerschütterliche Sehnsuchtsmelodie, die, immer tiefer stachelnd, nie die Verlockung verloren hatte.

Das Gefühl, wieder zu Hause zu sein, in der Fremde, kannte Thomas. Er wunderte sich nicht über das Feilschen um den Fahrpreis, den der Taxifahrer für den Weg in die Stadt forderte. Obwohl er, das Gepäck bewachend, fast über dieses hinsank, freute er sich, und der erste Erfolg, dass sie nur den 'Tarif für Einheimische" zahlen mussten, stimmte ihn überaus zuversichtlich für den Aufenthalt in diesem Land.

Hier, am Flughafen von Rio de Janeiro, gewann er das Vertrauen in Lena, das nötig war, sollte sie doch, in Anbetracht seiner Unkenntnis der Landessprache, für so viele Wochen seine Sprache, sein Mund sein, und vor dieser Sprachlosigkeit hatte er sich gefürchtet. Er hatte dieses Ausgeschlossensein unvergessen schmerzhaft in seiner Erinnerung an eine Zeit, als er sich für seine hündische Dankbarkeit für ihm zugeworfene Satzbrocken verachtet hatte. Das Gespräch mit dem Taxifahrer war das erste in einer langen Reihe von

Gesprächen, die Lena führte, denen Thomas zuhörte, wobei er auf ein vorher nie an ihr wahrgenommenes eigentümlich, äußeres Lachen wartete, das ihm als eine Fortsetzung ihres Jugendlachens erschien, so dass er dachte: "So wird sie mit ihrem ersten Mann zusammen gelacht haben." Er hatte Angst vor der Wiederbegegnung mit diesem Manne.

Während sie durch die Industrievororte Rios fuhren, der Taxifahrer stolz auf die vor kurzem fertiggestellte, lange Brücke zu der Nachbarstadt Niterói, hinwies, zwang sich Thomas, nicht auf das barbarische Verhalten der Automobilisten zu achten, sondern die Gebäude, die er neben der Hochstraße, die sie befuhren, sah, auf irgendeine südländische Freundlichkeit hin abzusuchen.

Der völlig durchlöcherte Auspuff des Taxis dröhnte in seinen Ohren, die grauen Bilder der Gebäude waren wie zerstört, eine fürchterliche Ruinenlandschaft deprimierte ihn wie im Fluge, und ihre endliche, wirkliche Landung schien ihm erst zu erfolgen, als der Fahrer von der vielspurigen Autobahn abbog, um das Hotel zu suchen, das Lena in Deutschland von einem Brasilianer empfohlen worden war. Sprachlos, wie es nun sehr lange sein Schicksal sein sollte, lehnte sich Thomas an das Taxi, während Lena versuchte, in endlosen Gesprächen mit verschiedenen Hotelportiers herauszufinden, wo das betreffende Hotel sein könne, endlich aufgab und in dem Hotel in der kleinen Straße, vor dem sie nun mal standen, ein Zimmer zu einem erschwinglichen Preis mietete, den herauslaufenden Hoteldienern das Gepäck übergab: so hatten sie im Hotel "Regina" zunächst ihre Bleibe gefunden.

Als er aus dem dumpfen Traum aufschreckte, in den er versunken war, unmittelbar nachdem er sich auf die rote Überdecke des Bettes gelegt hatte, wusste er nicht, welchen Tag und welche Stunde er hinzunehmen hatte: leuchtete Morgen- oder Abendlicht schwach durch die dichtgeschlossenen Vorhänge, und war es das Licht des gestrigen Tages oder noch das des heutigen oder gar schon das Licht des kommenden Tages?

Auf der Straße vor dem Hotel herrschte ein infernalischer Lärm, und Thomas wunderte sich, dass sie überhaupt hatten schlafen können. Er streichelte Lenas Hand, sie hatten sich im Schlaf nicht losgelassen, und er wusste, wenn er nun die Augen aufschlüge, würde er in die ihren sehen können. Er zögerte absichtlich diesen Augenblick hinaus, um diesen Freudenvorschuss in seiner Kehle sich vermehren zu fühlen.

Die Mittagswärme erfasste sie mit einer feuchten Wucht, als sie vor die dichte Reihe der Hochhäuser traten, um an den Strand zu gelangen. Sie sahen den klaren Sonnenschein, dem sie über das breite Band der Autostraßen, das gar kein Band, vielmehr ein Graben war, über eine Fußgeherbrücke zustrebten.

Inmitten der lastenden Abgaswolke, die den Strand von der Stadt trennte, berührte sie die Sonne, und es war wie ein Weckruf. Auf dem weißen Sand spielten Knaben und Männer Fußball.

Als sie an die Wassergrenze herangekommen waren, sah Thomas, dass die Wellen zahm ausrollten. Da wurde ihm klar, dass sie sich in einer geschützten Bucht befanden. Aber eine kleine Enttäuschung gesellte sich doch zu der ersten. Ist es nicht oft so, dass diese kleinen unvernünftigen Enttäuschungen zu schweren Gliedern einer würgenden Kette anschwellen, die schließlich das ursprüngliche, einsichtige Wollen zunichte machen können?

Sie blieben nicht lange am Meer. Lena spürte, was er nicht sagen wollte und schlug für den nächsten Tag einen Ausflug ans offene Meer vor. Für diesen Nachmittag aber kehrten sie in die Stadt zurück, um die nähere Umgebung ihres Hotels zu erkunden. In einem Straßenlokal nahmen sie die erste richtige Mahlzeit zu sich, denn das Plastikessen im Flugzeug konnte wohl als Essen nicht gewertet werden. Das grobe Stück Fleisch, ebenso wie die kleinen Tiere im Salat, entsprachen ihren Erwartungen. Der nie unterbrochene Verkehr vor dem Lokal betäubte sie, vor allem die in rascher Folge mit gewaltigen Rauch- und Gestankschwaden vorübertauchenden Autobusse lähmten sie. Sie bemerkten die deutlich schwächer werdenden Strahlen der Sonne. Sie fühlten, wie Deprimiertheit sie einschlug wie in schmutzignasse Tücher.

Nach diesem freudlosen Mahl, das sie verschlungen hatten wie das Toben der Straße ihre Worte, und nachdem Thomas mit Erstaunen feststellte, dass es nur ihnen so zu ergehen schien, unterhielten sich doch die anderen Gäste lachend und scherzend aufs Beste, betraten sie eine Straße, die einmal eine Palmen-allee gewesen war. Aber die Villen hatten längst Hochhäusern Platz gemacht, die den hohen schönen Königspalmen das Licht raubten. Die Wanderer wunderten sich über den Anblick der noch kräftigen Stämme, die aus dem Trottoir herausragten. Die Bäume in ihrer ganzen Schönheit zu erfassen, war in der Enge dieser Straßenschluchten unmöglich geworden. In den Eingangs-hallen dieser Hochhäuser fehlten nirgendwo die Wächter, die oft die rechte Hand lässig auf ihre am Gürtel hängenden Colts gestützt hatten.
Später, als das Schockierende dieses Anblicks gewöhnlicher geworden war,

sollte Thomas den scherzhaften Vorschlag unterbreiten, die Arbeitslosigkeit in der BRD auf diese Weise aus der Welt zu schaffen, indem nämlich für alle öffentlichen und für alle luxuriöseren privaten Einrichtungen Wächter einge-stellt werden könnten, aber der Scherz blieb ihm im Halse stecken mit einem ekligen Nachgeschmack, als Lena ihn daran erinnerte, welch umfangreiche Vergrößerungen der Polizeiapparat in der BRD in den letzten Jahren erfahren hatte.

Die Sucht nach solchen Vergleichen ließ bald stark nach und machte den bittersten Vorwürfen gegen das Land, aus dem sie kamen, Platz, das in unübersehbarer Weise an der schlimmen Entwicklung Brasiliens schuld war. Beteiligt war jedoch daran auch der naive Glaube der Brasilianer an die Fertigkeiten der Deutschen und an den Fortschritt durch die Industrialisierung sowie die kaum verhüllte brutalste Korruption und die schlimme Gleich-gültigkeit der Eingeborenen ihrem Land gegenüber.

In der fast völlig geschlossenen Front der Hochhäuser gegen das Meer sahen sie plötzlich verwundert ein Haus der Jahrhundertwende, das mit seinen Zinnen und Türmchen so unpassend wirkte wie ein Mann, der mit einer Allonge-perücke über den Kurfürstendamm ginge. Weiter stadteinwärts standen die alten ein- bis zweistöckigen Häuser dichter zwischen den Wohn- und Geschäftstürmen, und so blieb wenigstens die Ahnung, wie es einmal in dieser Stadt ausgesehen haben mochte. Dann, nachdem sie eine solche Straße verfolgt hatten, kamen sie an eine, den Autobahnen ähnliche Schneise. Die Stadt Rio baut eine Metro, die vielleicht einmal die Verkehrsprobleme mildern wird, der aber zunächst ganze Straßenzüge zum Opfer gefallen sind, prekärer als in europäischen Städten hier, weil kaum erschwingliche Wohnungen zu mieten sind, und Rio so den zweifelhaften Ruhm besitzt, die Stadt mit den höchsten Mieten der Welt zu sein. Später, als sie einmal von der Rua de Alfándega zur Avenida Atlântica wanderten, sahen sie bewundernd einen riesigen klassizistischen Bau, der, fast eine Ruine, die vollendeten Formen seiner inneren Struktur preisgab. Thomas war sicher, dass dieses große und elegante Bauwerk restauriert wurde. Ein Taxifahrer, den sie daraufhin ansprachen, verneinte aber und wusste zu berichten, dass dieser ehemalige Sitz des Landwirtschaftsministeriums einem Neubau weichen sollte.

Thomas dachte schaudernd, das wäre so, als würde man die Wiener Museen am Ring abreißen, um an ihre Stelle ungefüge Betonklötze zu bauen. Welche Auswirkung des Spekulantentums! Und dieses soll in Brasilien fest in der Hand deutsch-stämmiger Juden liegen. Thomas war erstaunt über ihre wilde Zerstörungskraft. Diese Aufräumungsarbeit legt aber nur einen hellen, streng bewachten Gürtel zu den anderen, die Autobahn und Metro heißen. Alle zusammen schnüren sie die Stadt Rio in mehrere, ständig anschwellende Wülste, deren oberster und ärmster zugleich derjenige ist, wo die meisten Menschen wohnen: die die Hänge hinaufkriechenden Hütten, die Favelas. Diese Heimstätten der Armen lassen den Besucher nie aus den Augen. Unterwegs erkennt man diese Menschen schon an den dumpfen Blicken der Bettlerinnen und in den noch manchmal wie bedrohlich wirkenden, raschen Bewegungen halbnackter Negerkinder.

Nachdem sie Plankenstege über die eben zugeschütteten Gräben der Metro Arm in Arm überwunden hatten, traten sie in ein Viertel ein, das einer mittelständischen Schicht als Wohnraum diente: ein- oder zweistöckige Häuser erinnerten mit ihren Aufgängen ins obere Geschoss an New Yorker Vororte, wie sie Thomas aus so vielen Filmen kannte.

Bäume und mannigfache Läden belebten in der plötzlich einbrechenden Dämmerung, die sehr bald völliger Dunkelheit wich, ganz südlich vertraut die Szene. Sie gingen in eine Bar und tranken eine Batida de Maracujá. Die war zwar nicht aus dem frisch aus der Schale gelöffelten und dann gequirlten Saft zubereitet, sondern wurde fertig gemischt aus einer gelbklebrigen Flasche eingeschenkt, belebte und erfrischte auf angenehme Weise.

‚Merkwürdig', dachte Thomas, ‚wir sind im Süden und die Menschen kennen den Wein nicht.' Zu seiner Verwunderung ging es in diesen Bars so schweigsam zu wie in norddeutschen Gaststätten, was in einem sonderbaren Gegensatz zu Lenas Erfahrung mit der keine längeren Pausen ertragenden Redseligkeit der Brasilianer stand.

Zu der wüsten Straße zurückgekehrt, unter der einmal die Metro fahren sollte und auf deren Plankenbürgersteigen die Menschen in der kaum erhellten Dunkelheit dahinhasteten, stumm wie in jeder anderen Großstadt, konnten sie nur mühsam ihr Nebeneinandergehen verteidigen gegen die Ungeduld eines Unbekannten, die sich plötzlich in dem wütenden Fluch "Verdammte Gringos" hinter ihnen entlud. Als sie Platz machen konnten, stürmte ein älterer Weißer an ihnen vorüber, weiter laut schimpfend, verzerrte er sein Gesicht.

Thomas sagte fast erschrocken: "So stelle ich mir die Mördervisagen der sogenannten Pioniere vor, die auf Kosten der Negersklaven und der Indianer rücksichtslos ihr Glück machen wollten, was immer sie darunter verstanden haben mochten, und dabei wohl auf einen Mord mehr oder weniger nicht achten konnten. Als Unterdrückte aus Europa geflohen, konnten sie sich in Amerika als Herren aufspielen und das praktizieren, wovor sie geflohen waren. Anscheinend können die Menschen nichts besser machen, sie können, auch wenn sie in der Fremde neu anfangen, nur das fortsetzen, was sie vorher kennengelernt haben."

Sie standen in einer kleinen Nische und sahen in die Gesichter der Passanten. Unter den Vorübergehenden waren wenige reinrassige Weiße. Manche vielleicht Portugiesen, die als ehemals bestimmende Nation wohl am wenigsten geneigt waren, ihre Macht mit den Unterdrückten zu teilen. „Die Portugiesen sind die schlechtesten Herren und willigsten Sklaven", schreibt Tschudi um 1870.

Nun gingen sie langsam weiter, schauten in die Auslagen der erbärmlichen Geschäfte, als plötzlich Thomas' Blick auf eine alte Negerin fiel, die mit zerknittertem Gesicht in einem Pappkarton kauerte und flehend die Hände emporstreckte, worauf freilich niemand zu achten schien. Ein Schaudern überlief ihn, und sie schwiegen noch lange, nachdem sie in eine noch dunklere Nebenstraße eingebogen waren.

„Vor acht Jahren war ein solcher Anblick viel häufiger, fast gewöhnlich", nahm endlich Lena das Wort, „und dies ist das erste Mal, dass ich es hier sehe."

„Wer weiß, was das Regime mit den Bettlern gemacht hat", verlängerte Thomas seine Gedanken. Aber sie sprachen danach nicht weiter darüber, wie sie überhaupt selten über Politik in diesem Lande sprachen, vielleicht, weil wenig davon zu spüren war, obwohl doch angeblich alle sich auf eine Demokratisierung vorbereiteten.

In einer kleinen Lanchonete wollten sie etwas essen und bei einer abschließenden Batida den Plan für den kommenden Tag besprechen.

Die Theke dehnte sich verblüffend tief in den Raum, die Einrichtung glänzte von gelbbuntem Plastik und erinnerte damit an eine Saloontheke.

„Eigentlich müsste man jetzt nur noch eine Flasche Whiskey über die Theke schieben", meinte Thomas. „...und eine Revolverkugel zurückgeschossen bekommen", ergänzte lachend Lena.

Der kleine Schwarze, der sie bediente, sah so drollig, so verschmitzt aus, als hätte er tief in sich einen nie versiegenden Quell der Freude, der ihn mit Heiterkeit durchglänzte. Er strahlte Lena an, die ihm wohl wunderbar genug vorkommen mochte mit ihren blonden Haaren und ihrem freundlichen Lächeln. Als sie dann gar anfing, so merkwürdige Dinge wie eine Batida von Erdbeeren zu bestellen, war sein Strahlen gar nicht mehr zu bremsen und die liebenswürdige Zurückhaltung, die er bei allem Dienstwillen an den Tag legte, das hübsche Lachen, das gar nicht verschwinden wollte, war so ansteckend, dass sie in der heitersten Stimmung zu ihrem Hotel zurückgingen. Selbst die Tatsache, dass sie noch einmal die Avenida Atlântica entlanggehen mussten, auf der immer noch ein wütender Verkehr brüllte, konnte ihrer guten Laune nichts mehr anhaben.

So endete der erste Tag in Brasilien, und Thomas dachte an die Träume, denen er in Europa nachgehangen hatte, in denen er lange Zeit nur den Gesichtern und den Gebärden der Eingeborenen nachgeblickt hatte, wie den ständig sich ändernden, dennoch gleich bleibenden Wellen eines Baches mit einigem Gefälle. In ihm war etwas aufgerissen worden, wobei ihm Lena keine Hilfe sein konnte, weil sie durch das Wissen um dieses Land nicht so aufgerührt war. Aber er wusste, dass Lena längst die zugeschobenen Schubladen ihres Jugend-Brasilien-Schranks wieder aufgezogen hatte und dass es nicht mehr lange dauern konnte, bis sie den fremden Kontinent sprechend sich vertrauter machen würden.

Das Frühstück am anderen Tage brachte eine Verlängerung der Stimmung. Im sonnendurchfluteten Saal genossen sie die Früchte und das herrlich frische Brot, und wie lustig waren die anderen Hotelgäste, wie unbeholfen hielten sie das Besteck, wie betont nachlässig behandelten sie das Essen, als ob alle sehen sollten, dass für sie keine Notwendigkeit bestünde, Nahrung aufzunehmen.

Auch war es ein ständig geübter Sport, bei dem allerdings Lena den Vortritt haben musste, nämlich Nationalitäten zu raten, was nur bei den selten auftauchenden Deutschen, Nordamerikanern und Japanern einfach war. Handelte es sich aber um Reisegruppen, so bildeten diese drei allerdings die Füllung der Menschenpastete, wobei als krönender Schlag die Brasilianer oder andere Lateinamerikaner hinzukamen, von denen wiederum die traurigen Indios aus Peru leicht herauszufinden waren. Thomas versuchte, im Verkehr mit den Einheimischen so selten wie möglich zu sprechen, was dazu führte, dass er den offensichtlich als wortkarg bekannten Argentiniern zugerechnet wurde. Lena aber wurde ihrer tadellosen Aussprache des Brasilianischen wegen und ihres unpassend leuchtenden Blondschopfes misstrauisch beäugt.

Als sie auf die Straße hinaustraten, fühlten sie sich schon irgendwie vertraut, dieser erste traumhafte Tag war nicht etwa vergessen, sondern hatte für eine bleibende Grundstimmung gesorgt. Der Blick weitete sich über den Flamengostrand auf den Zuckerhut, den sich Thomas immer wieder anschauen musste, um seine vertrackte Kindheitserinnerung zu überwinden, in diesem märchenhaften Land gäbe es einen riesigen Hut aus purem Zucker, und obwohl sich der Knabe Thomas das gar nicht einmal als so verlockend vorstellte, weil er dachte, das müsse sein, als wäre man ganz allein auf der eisigen, abschüssigen Mondfläche, hatte dies doch einen ungeheuren Reiz auf ihn ausgeübt.

Sie hatten beschlossen, ihre Wege mit den öffentlichen Bussen zurückzulegen, für deren Benutzung nur ein Spottpreis zu bezahlen war. Die Vorsichtsmaßregeln gegen die angeblich wütende Diebeslust der Brasilianer und der Cariocas im besonderen waren so getroffen worden, dass Thomas in einer sehr engen Hose das benötigte Geld mitführte, ebenso seine Minox, und alles übrige im Hotel blieb. Bis auf eine Ausnahme, von der Thomas sehr beeindruckt war, wurden sie nie mit einer Diebesabsicht konfrontiert, obwohl vor und während der Reise alle Eingeweihten mindestens eine Geschichte zu diesem Thema zu erzählen wussten. So konnte Thomas auch etwas dazu beitragen, war sozusagen anerkannt als einer, der das Land kennengelernt hatte: Sie waren von einem Ausflug nach Petrópolis zurückgekehrt, vor der langen Schlange am Taxistand zurückgeschreckt, in den Bus nach Flamengo gestiegen, der im Berufsverkehr überfüllt war und mit einer irrwitzigen Geschwindigkeit über die Straßen schoss, dass die Fahrgäste, umfallen konnten sie wegen der sich haltenden Trägheit der Körper nicht, bei jeder Kurve hin- und herschwankten wie die instabile Ladung eines Schiffes auf stürmischer See.

Thomas litt unaussprechlich unter diesem unentrinnbaren Aneinanderpressen des Fleisches, verfluchte die Idee, mit dem Bus zu fahren, verfluchte Lenas Sparsamkeit, die Brasilienreise überhaupt, presste eine, die freie Hand gegen die Hosentasche. Mit der anderen klammerte er sich an die obere Haltestange, als er plötzlich bemerkte, wie eine Hand in der äußerst empfindlichen Gegend an seiner Hose begann, Erkundigungen einzuziehen, um endlich mit einem Ruck den Versuch zu unternehmen, Thomas' Geldbeutel herauszuziehen. Mit einem wilden Blick schaute er sich um, niemand schien verdächtig, Lena aber war zu weit in dem Gedränge entfernt, als dass sie ihm hätte helfen können. Um sich nicht als ausplünderungswürdiger Ausländer zu erkennen zu geben, wollte er sie nicht rufen. So versuchte er durch Blicke sie zu sich zu holen, was nach einigen missverstandenen Anläufen endlich gelang.

Bis sie bei ihm war, sah er sich in der ebenso ungemütlichen wie schwierigen Lage, entweder nur eine seiner Hosentaschen zu beschützen oder sich nicht mehr am Haltegriff anzuklammern, was bei der weiterhin unglaublichen Fahrt von vornherein als Möglichkeit ausschied. Ihm blieb nur, seinen Geldbeutel in der linken oder seine Kamera in der rechten Tasche vor einem unzweifelhaft bald erneuerten Angriff des bisher glücklosen Diebes zu schützen. Sei es, dass der Dieb erkannt hatte, keinen einzelnen vor sich zu haben, oder aus welchem Grund auch immer, er wiederholte seinen Versuch nicht.

Schweißgebadet konnten sie endlich diesem großen Käfig entfliehen. Thomas atmete tief aus, als wäre die kühle Nachtluft nicht durch die Autoabgase verseucht. Diese Minuten des Ausgeliefertseins und seiner eigenen Auswahlnot ließen ihn an diesem Abend nicht zur Ruhe kommen.

An diesem Tag aber bestiegen sie einen Bus zur Copacabana, der wie alle Busse in Brasilien sehr schnell fuhr. Das hatte seinen Grund in einem ausgeklügelten Prämiensystem, das die Busfahrer dazu zwang, so viele Passagiere wie irgend möglich mitzunehmen, was dazu führte, dass sich auch die Fahrer derselben Linie Konkurrenz machten, um schneller an die Haltestellen zu gelangen als ihre Kollegen. Dies wurde ermöglicht durch die rasche Aufeinanderfolge von Bussen derselben Linie.

"Frühkapitalistische Methoden auf Kosten der Fahrer und der Sicherheit", murmelte Thomas verdrossen vor sich hin, denn es war schrecklich, einen solchen Blick in die eigene europäische Vergangenheit zu tun.

Einmal sah er einen Kindergarten direkt an der Hauptverkehrsstraße, in dem die Kinder in ihren blauen Kleidchen vor einigen erbärmlichen Instrumenten auf einem kahlen Steinhof saßen, während die Busse dichte Abgaswolken des Dieseltreibstoffes über sie wegbliesen.

"Wie grausam ist diese Motorisierung", sagte Lena, "zum Nutzen der Unternehmer in der fernen BRD, sind doch alle Busse und Lastwagen von Daimler-Benz, die Pkw von Volkswagen, womit die Richtigkeit des hitlerschen Konzepts bewiesen ist, so einer Volkswirtschaft zu einer scheinbaren Blüte zu verhelfen." Thomas kannte den Verkehr in Wien, Berlin und Rom, aber alles, was er erlebt hatte, harmlos gegen den Verkehr in Rio, wie die Strände dieser Stadt ihresgleichen suchten.

Aus dem Hochhäusermeer ragen nur noch die steilsten Partien der hügelhohen Felsen heraus, die Strände liegen im Winter schon zu Mittag im Schatten, weil die Sonne über die Dächer nicht emporsteigt, die Uferstraßen sind so dicht an den Strand geschoben, zu ihrer Errichtung ist ein so großer Teil des Sandstrandes weggenommen worden, dass die Wellen nicht mehr auslaufen können, sondern sich mit einer ungeahnten Wucht in einer Linie brechen, so dass es für Nichtschwimmer, von Kindern zu schweigen, lebensgefährlich ist, hier ein Bad zu nehmen. Da die meisten Brasilianer Nichtschwimmer sind, verwundert es nur den europäischen Betrachter, dass so wenige Badelustige tatsächlich schwimmen. Die einheimischen Frauen tragen ihre winzigen Badestreifen, von Anzügen kann man beim besten Willen nicht mehr sprechen, mit erstaunlicher Selbstsicherheit. Die Eitelkeit der Frauen fördert die seltsamsten Torheiten. Die Macht der Kirche verhindert Nacktbadestrände, wie sie in Europa, selbst in Italien üblich geworden sind, toleriert aber eine solche Entblößung.

"Das sind Zustände, wie sie in Europa vor der Liberalisierung in den sechziger Jahren gang und gäbe waren", führte Thomas seinen Denkansatz über das frühkapitalistische System in Brasilien fort, "in Europa sind Scheinfreiheiten gewährt, dafür aber die politischen beschnitten worden."

Die Angst vor den gerade an diesem Strand sehr zahlreichen Dieben hinderte Lena und Thomas daran, sich gemeinsam im Wellengang zu wiegen. Lena wollte überhaupt nicht schwimmen, sei es, dass sie schon so viele Geschichten gehört hatte über in den hohen Wellen Ertrunkene, sei es, dass sie wusste, dass dieser Strandabschnitt zu den gefährlichsten überhaupt gehörte oder dass es wirklich so war, wie sie nach einigem Zögern Thomas erklärte, dass sie sich ihres nicht sehr modischen Badeanzugs schämte.

Jedenfalls warf sich Thomas allein in die tosenden Wellen, an deren Bezwin-
gung er eine tiefe Freude fühlte. So warf er sich immer von neuem gegen sie,
tauchte unter den sich brechenden Kämmen hindurch, schwamm weiter, bis er
hinter den Wellen ruhig schwimmen konnte, ohne Angst haben zu müssen,
hinterrücks erfasst zu werden. Aber als er ans Ufer zurückwollte und von
unsichtbaren Fäusten gehoben und geschoben wurde, so dass er das Gefühl
hatte, seine Arme würden ausgerenkt, da erkannte er, dass die Warnungen, die
er natürlich auch gehört hatte, nicht unbegründet waren.

Als er sich endlich bis zur ersten Wellenlinie vorgearbeitet hatte und schon
versuchte, auf dem Sandboden zu stehen - so nahe glaubte er sich dem Ufer -
da erfasste ihn eine Welle, während seine Füße im Leeren zappelten und
wirbelte ihn herum, dass er kopfüber, Wasser schluckend, froh war, von ihr
endlich ausgespieen zu werden.

Da aber schaute er sich fast ängstlich um, ob wohl hinter ihm eine neue Welle
sich erhob. Wie er dann schnell aus dem Meer herauslief, sah das ein wenig
nach Flucht aus, er hatte seine erste Lektion erhalten.

Am Ufer entlangspähend, versuchte er mit, wie er sich nicht zugeben wollte,
zitternden Knien Lena zu finden. Sie hatten ausgemacht, dass, weil sie ja
wussten, wie schwer ihm bei seiner starken Kurzsichtigkeit das Zurückfinden
werden würde, Lena sich erheben sollte, um ihm zu winken. Aber wie er hin
und herging, sah er kein Zeichen, so sehr er auch seine Augen zusammenkniff,
so sehr er sich an einem Fixpunkt zu orientieren versuchte, den er sich vorher
gemerkt hatte, er sah weder das eine noch das andere.

Nachdem sein Ärger von einer Verzweiflung abgelöst worden war, die nur der kennt, der als Kind immer die Angstträume gehabt hat, alleingelassen zu werden, und er drei- oder viermal den Strand auf- und abgeirrt war, da endlich erkannte er Lena, die ihm ein paar Schritte entgegenging, um ihn heimholend an der Hand zu fassen.

Schatten wiegen den Einsamen

Lena und Thomas sahen sich ihre nächtlichen Nachbarn genau an, manchmal flüsterten sie sich eine Bemerkung zu über einen Hotelgast, der ihre Aufmerksamkeit erregt hatte. Ihr Lachen war fröhlich und unbeschwert: es gab keinen Grund, weshalb es hätte anders sein sollen. Lena wandte mehr Interesse auf für ihren Frühstücksteller als Thomas, und nachdem sie ihren ersten Hunger gestillt hatte, ihn wieder anschauen konnte, bemerkte sie, wie er ihr entglitten war.

Seine Züge, die sie so oft mit ihren Gedanken nachgezogen hatte, waren hart geworden und fremd lag sein Blick auf den flirrenden Sonnenstrahlen, die den Frühstückssaal wie auf unbekannten Bahnen durchschossen. Lena beobachtete: Unbekannt war ihr der Mann, der da neben ihr saß, wer mochte er wohl sein, gefangen in den Bahnen seiner Vergangenheit. Nur dort in seiner geliebten österreichischen Heimat lebend oder in seiner römischen, wer konnte, wer mochte das wissen? Sie fröstelte.

Und plötzlich schien ihr, als hätte sie zwei Jahre mit einem Menschen zusammengelebt, der ihr nie einen Zugang zu seinem Leben erlaubt hatte, wiewohl das doch ihr vordringlichstes Lebensziel gewesen war und sie auch eine sichere Grundlage hierfür vorhanden wähnte, weil sie so schmerzhaft fühlte, wie sehr sie ihn liebte.

Während sie so tat, als würde sie die gewöhnlichen Bewegungen des Essens vollziehen, während sie so jämmerlich allein in ihren Bewegungen war, schoss

Eifersucht in ihr hoch. Von welcher Frau mochte er träumen, welche Bewegung verfolgte er gebannt mit seinem inneren Auge? Sie fragte nicht, sondern sagte: „Sieh doch, wie vierschrötig die Deutschen hier erscheinen. Sie wirken mit ihren unbeholfenen Gesten wie Wölfe, die zu lange im Zoo gewesen sind."

Thomas war aufgeschreckt, und indem er antwortete, vergaß er seine Gedanken, und der schmerzliche Zug an seinen Wangenfalten verlor sich. Erst später fielen ihm seine Morgengedanken wieder ein, dass er bei seiner Mutter gewesen war, an ihrem Totenbett gewacht hatte. Der Schmerz war da, der Schmerz, der ihn betroffen machte, weil er sich nicht genug um seine Mutter gekümmert, die doch so sehnlich auf ein Zeichen gewartet hatte. Die Unwiederbringlichkeit all dieser versäumten Gesten, die nicht ausgeführt werden konnten, weil er nur an sein Leben gedacht und weil, wenn er schon seine selbstgewählte Isolation durchbrochen hatte, sein Sprechen auf den Vater bezogen war, mit dem er noch kämpfen musste, während er der unwandelbaren Liebe der Mutter sicher zu sein glaubte. Dieses Zuspätkommen war ihm die bitterste Niederlage gewesen. Er hatte nach dem Tod seiner Mutter sie erst verstanden, weil er sich nun die Zeit genommen hatte, mit ihr zu sprechen. Die scheinbare Gleichgültigkeit seiner Mutter war ja die Antwort gewesen auf seine eigene Gleichgültigkeit, er hatte begierig danach gegriffen, um eine Begründung für sein Linksliegenlassen damit erklären zu können.
Ein wärmender Sonnenstrahl war auf seine Stirn gefallen, als ob seine Mutter ihn trösten wolle von irgendwoher, und Lena anblickend versprach er sich, mit ihr es nicht so weit kommen zu lassen und ahnte einfach nicht, wie gefährlich

nahe die Absonderung schon gewesen war.

"Vielleicht spricht man immer nur mit sich selbst, und das Denken ist eben ein fortlaufendes Selbstgespräch, dem man nicht entrinnen kann. Vielleicht muss der Geliebte erst gegangen sein, damit man mit ihm sprechen, ihn verstehen kann."

Dieser Satz von Lena fiel ihm ein, er wusste, sie wartete noch auf ihn.

Lebhaft drückte er ihre schmale Hand und bat sie, mit ihm hinauszugehen ans Meer. Er dachte nicht darüber nach, dass er in diesem Moment wieder ein zu sprechendes Wort nicht gesagt hatte.

Sie fuhren zur Barra da Tijuca, einem Badestrand im Süden Rios, wo angeblich das sauberste Wasser der Stadt zu finden war. Als sie nach einer langen Busfahrt durch die Vororte, die eigentlich nur aus Baracken bestanden, die sich malerisch, wie ein unbefangener deutscher Tourist sagen würde, die Hänge hinaufzogen, anlangten, sahen sie diesen Hinweis bestätigt. Der Grund war nicht zu übersehen: An diesem Strand gab es noch keine Hochhäuser wie an allen anderen Stränden. Die wenigen Abwässer, die wie üblich ungeklärt ins Meer eingelassen werden - es gilt schon als Zeichen des Fortschritts, wenn die Leitungen ein paar hundert Meter weiter ins Meer hinausgeführt werden - verbreiten eben nicht eine solch groteske braune Wolke, deren Niederschläge in der Brandung schaukeln wie an der Copacabana. Im Bus hatte helle Aufregung und Empörung geherrscht, nachdem sie aus dem ersten wegen eines Motorschadens hatten umsteigen müssen und erneut zahlen sollten, wogegen sich die Passagiere wütend verwahrten. Der Motorista übte nun Rache, indem er den Aussteigewilligen die elektrisch bedienten Türen nicht öffnete und besann sich erst, als die Stimmung bedrohlich wurde. Eine verhärmt aussehende Negerin, deren Alter nicht zu schätzen war, sie konnte zwanzig aber auch vierzig sein, jammerte, mit einem Kind auf dem Arm, in schrillen Tönen, sie hätte nicht das Geld, um erneut zu bezahlen, war sie doch mit ihrem Kind beim Arzt in der Stadt gewesen und hatte sich die paar Pfennige vom Munde abgespart, im wörtlichen Sinne, der uns Europäern längst abhanden gekommen ist. Das Elend in ihren Augen sprach deutlich genug. Lena wollte schon den Fahrpreis für sie entrichten, als der Fahrer, den Protesten nachgebend, die Tür öffnete, und die Negerin zu ihrer wohl in der Nähe befindlichen Hütte sich auf den Weg machte, schwingend in ihrem eigentümlichen Negergang.

Thomas spürte dunkle Scham in sich und die praktische Bestätigung dafür, dass die Menschen in Europa gedankenlos in ihrem Überfluss leben und ihnen der Sinn für das Elend innerhalb von dreißig Jahren verlorengegangen war. Am Strand trafen sie eine andere Gesellschaftsschicht, da fuhren junge Leute mit ihren offenen Wagen, lachten ausgelassen und schienen diese bedrohlichdunkle Wand der Favelas hinter sich gar nicht zu sehen.

Er sprach mit Lena darüber, und der Satz, den er dann hörte, schien ihm von einer unsinnigen Grausamkeit: "Man gewöhnt sich, wenn man hier lebt, mit der Zeit so daran, dass man dieses Missverhältnis nicht mehr sieht."

Thomas fragte sich, ob er als Fremder in diesem Lande überhaupt zum Mitleiden fähig sei, oder ob ihm nicht vielmehr das ganze Gefühlsinstrumentarium fehle. Wenn er in diesem Lande lebte und würde sich an das Elend gewöhnen, sich für nicht zuständig erklären, seine Situation wäre nicht anders als in der ungeliebten BRD, wo er zwar alles scharf beobachtete, aber keine politische Richtung einschlagen konnte. Er war eben weder Sozialist oder Kommunist, noch Monarchist oder Nationalist, aber von allem etwas. Er war für eine Beteiligung des Volkes an allen Entscheidungen, wenn er aber sah, wie dumm und manipulierbar das Volk war, so hatte er sich wieder für eine kleine Gruppe entscheidungsfähiger Aristokraten entschieden, die für das Volk in dessen Sinne regieren sollte, ohne aber auf die durch die Medien hergestellte Volksmeinung Wert zu legen. In der BRD sah er sich auch nicht genötigt, sich für eine unterdrückte Minderheit einzusetzen, selbst für die Gastarbeiter nicht, waren diese doch freiwillig in das erschreckende Land gekommen. Aber in Brasilien würde das anders sein, und die Grenzen würden durch sein Fremdsein sehr eng gesteckt werden.

Er schrak auf, die Sonne hatte den Nachdenkenden erröten lassen, was ihm schon deswegen peinlich war, weil er nun den blonden Landsleuten verdächtig ähnlich sah. Lena, die neben ihm im Sand gelegen hatte, setzte sich mit ihm auf. Es war Mittag, dennoch lagen noch viele Menschen auf dem heißen Sand, die monotonen Rufe der Eis- und Getränkeverkäufer wiegten sich in der auf und abschwellenden Melodie der Brandung, winzige Tröpfchen der Gischt wurden durch den stetigen Wind zu ihnen getragen, sie schmeckten das Salz auf ihren Lippen, Thomas' Augengläser waren wie im Nebel beschlagen. Die Geier schwebten entfernter über den Hügeln des Festlandes, die dichtbewaldeten Felseneilande vor der Küste schienen wie geschaffen, auf ihnen eine Robinsonade zu erleben, fast hätte man die Neger dort hinten auf den Hügeln vergessen können: ungestörte Ferien am Meer. Thomas ging allein, da die Kleider nicht unbewacht zurückgelassen werden konnten, den Strand entlang, beobachtete die wie Kinder spielenden jungen Menschen. Ein Beau führte zwei Schäferhunde quer durch die vielen Gruppen hindurch, ohne Rücksicht darauf, dass die Hunde wiederholt Anstalten machten, einzelne anzufallen. Aber niemand begehrte gegen dieses Verhalten auf, sie erwehrten sich, so gut es ging, der Bestien, während die Kinder schreiend über den Strand flüchteten.

‚Welch Hohn, von dem Geld für das Tierfutter könnten mehrere Arme leben. Die Reichen in diesem Lande haben keine Angst wie die in Europa, die sich vor Entführern und Erpressern verstecken, sie protzen mit ihrem Reichtum', dachte Thomas, diesem Treiben zusehend.

Einige Schritte weiter, am Rande des Sandstrandes, lag ein toter Hund wie ausgestopft im Sand, seine starren Läufe ragten wie Signale in die milde Mittagsluft. Die in unmittelbarer Nähe Liegenden schienen sich an diesem Kadaver nicht zu stören.

Im kleinen, ständig von den auslaufenden Wellen überströmten Streifen zwischen Meer und Land schlenderte Thomas zurück zu ihrem Lagerplatz. Die Wellen schwappten manchmal an seinen Waden hoch, fremdartige Fische, die aus ihren schuppenschillernden Farben mit ausgelaufenen Augen ihn anzusehen schienen, säumten wie weggeworfen seinen Weg. Einmal wollte er achtlos mit seinem Fuß gegen die leeren Schalen eines handtellergroßen Krebses stoßen, als diese plötzlich Beine bekamen und verblüffend rasch den Sandabhang hinaufliefen. Thomas staunte noch, als der Krebs wie vom Boden verschluckt in seinem Loch verschwunden war. Nun hatte er es eilig, Lena von seinen Begegnungen zu berichten. Sie erwartete ihn sehnsüchtig und ein wenig vorwurfsvoll, weil er so lange gesäumt hatte: "Schau einmal die großen Vögel dort", wies sie aufs Meer hinaus, das an diesem Tage eine grünliche Färbung angenommen hatte, "sie kreisen in einiger Höhe, um sich, die Flügel eng an den Körper gelegt, fast zwischen den Badenden ins Wasser zu stürzen. Nach kurzer Zeit tauchen sie aber wieder auf. Ob mit oder ohne Beute, habe ich der Entfernung wegen nicht sehen können."

Thomas sah eine Möwenart, von ungefähr zwei Metern Spannweite, Gaivotas mit gezackten Flügeln und hellen Flügelspitzen. Sie ließen sich durch die vielen Menschen in keiner Weise stören, und nach einiger Beobachtungszeit hatten Thomas und Lena den Eindruck, dass der Sturzflug der Vögel sich in einem gewissen, unerklärbaren Rhythmus wiederholte.

"Wie ein Pfeil, senkrecht, fast spritzerlos, tauchen sie ein!" rief bewundernd Lena. Thomas drängte nun zum Meer, konnte nicht mit Muße beobachten. Wieder war all sein Bitten fruchtlos, Lena wollte ihn weder begleiten noch allein das, wie ihr Thomas mehrfach versicherte, warme Meer aufsuchen. Erst als sie ihm zugab, freiwillig zu gehen, wenn sie dazu Lust verspüre, ließ er von ihr ab und ging in den sich grünblau um ihn schließenden Kreis.

Thomas hatte gelernt. Sein Umgang mit der See war vorsichtiger geworden, er verausgabte sich nicht gleich zu Anfang durch wilde Sprints, sondern schwamm - Lena, die ihm zusah, wie immer, wenn er sich von ihr entfernte, fand eine Bedächtigkeit, die sie erstaunte - langsam parallel zum Ufer zwischen dem ersten und dem zweiten Wellenkamm. So konnte er sich klug in ihrer Mitte halten, gewiegt wie in den Armen seiner Mutter. Ja, er konnte es sich leisten, auf dem Rücken liegend die Augen zu schließen und sich ganz seiner an der Materie tastenden Haut hinzugeben. So löschte er alle Sinne aus, wie ein

Blinder tauchte er in eine stumme Welt, zu deren Erfassung sein Körper einziges Organ war. Dann die Augen öffnend, trank seine Seele das bestürzende Himmelsblau in einer Schärfe, als wäre er nicht kurzsichtig. Das Denken war ihm auch verlorengegangen, das Fühlen, so wie er vorher Wasser war, aufgelöst in unzählige, winzige Organe, die sich nun in seinen Augen sammelten, die alles Blau in sich aufsogen, ihm war, als könne er die Farbe fühlen.

Plötzlich aber schwärzte sich das Blau, schaudernd verfiel die enge Verbindung, die er eingegangen war, er fühlte sich umgedreht, als hätte ihn jemand in der Hand gehalten und nun von sich geworfen. Er erinnerte sich an die großen Vögel, die er mit Lena beobachtet hatte. Gewiss war es der Schatten einer Gaivota gewesen.

Während er mit wilden Schlägen versuchte, das Ufer zu erreichen, hoffte er, dass das Tier nicht etwa in seiner Nähe einen Fisch entdecken möge.

So fühlte er sich ausgeliefert wie einer im Märchen, der sich in einen Sack einschließen lässt, um vom Vogel Rokh zu phantastischen Schätzen geflogen zu werden. So rasch und mühelos hatte er die Wellen noch nie überwunden; so gut hatten seine Augen noch nie Lena gefunden, wie nun, als er atemlos zu ihr hinstürzte, seine Augengläser aufsetzte, um den Vogel zu suchen, der richtig noch immer in der Gegend kreiste, aus der er gekommen war, aber eine ganz normale Möwe war, wenn auch von beträchtlicher Spannweite. Und wie sie weiter in diese Richtung blickten, sauste ansatzlos der Vogel in die Tiefe. "Siehst du", sagte Thomas zu der ihn abtrocknenden Lena, "er hat gewartet, bis ich mich entfernt hatte, das höfliche Tier."

So machte er einen Scherz daraus, aber die Unheimlichkeit wollte ihn noch nicht ganz entlassen. Lena ging auf seinen Scherz ein:

"Da du ein solch wildes Geplantsche im Wasser veranstaltet hast, sind die Fische geflohen. Nun aber, da das Wasser wieder ruhig geworden ist, und du wieder bei mir bist, sind sie an ihre angestammten Plätze zurückgekehrt, um prompt von dem Vogel verschlungen zu werden. So bist du ein verhinderter Fischretter, aber gräme dich nicht gar zu sehr, die Fische werden doch gefressen, und mir ist immer noch das Wichtigste, dass nicht du verschlungen wirst, denn ich habe, so oft du ins Meer gehst, Angst, du kommst mir nicht wieder."

Eine Begegnung mit der Vergangenheit

Endlich hatten sie sich entschlossen, Rio zu verlassen und nach São Paulo zu fahren. Zwei Tage zuvor hatte Lena abends mit Nils, ihrem ersten Mann, telefoniert und Thomas war verstummt. Die Erzählungen über ihre erste Ehe trudelten wie Fische mit geplatzten Bäuchen an die Oberfläche. ,Er ist der Mann ihrer Jugend', dachte er, während Lena auf eine Weise lachte, die er noch nie an ihr wahrgenommen hatte, ,auch wenn die Achtzehnjährigen inzwischen dreißig geworden sind, beim gelegentlichen Sprechen ist diese Zeit auf geheimnisvolle Art überbrückt. Vielleicht bin ich einfach eifersüchtig, was immer das sein mag, aber nun ist für Lena plötzlich ihre Vergangenheit lebendig geworden. Der Ton, den sie in langen Jahren gewonnen haben, der ihnen verbindlich geworden ist, kann auch gar nicht verschwunden sein.'

Er hatte eine ängstliche Freude verspürt, einen Zeugen von Lenas Vergangenheit kennenzulernen, um vielleicht etwas über sie zu erfahren, was in ihren Erzählungen nicht enthalten sein konnte.

Aber das, was er nun hörte, peinigte ihn, weil dieser hartgesottene Umgang, der durch eine vieljährige, sich kantig ablösende Beziehung zur Gewohnheit geworden war, ihm eine Seite zeigte, die er nicht kennenlernen wollte.

,Wie peinlich das ist, aber ich habe mich noch nie einen Augenblick lang nicht gefreut, Lena zu sehen, murmelte es in einer tieferen Schicht in ihm.'

Sie war jung gewesen und hatte mit Nils den Schritt getan, Deutschland zu verlassen, ohne an ein Scheitern zu denken. Nun kommt sie nach so vielen Jahren, und er ist in dem Land geblieben, in das er eher zufällig mit ihr geraten ist.

Irgendwie hat sie ein schlechtes Gewissen dabei, dass er, auch auf andere Weise, zurückgeblieben, wenngleich zu Wohlstand und einer Familie gekommen ist. Eine Parade von Details aus dem Leben, das diese beiden Menschen miteinander geführt hatten, die Mosaiksteine ihres und seines Lebens waren, ruckten wie der mittägliche Figurenreigen einer alten Rathausuhr um seine Stirn. Immer noch lachte Lena, stoßweise zu ihren harten Bemerkungen.

Thomas fühlte sich plötzlich doppelt fremd und allein gelassen. Dann sah ihn Lena an und fragte, wann sie Nils besuchen sollten, beantwortete die Frage gleich selbst, indem sie sich noch zwei Tage in Rio gönnte. Sei es, um dem Drängen von Nils entgegenzuhalten oder sei es, dass sie Thomas und sich noch eine Pause vor dem unvermeidlichen Sturm zubilligte, sie blieb standhaft in ihrer Weigerung, sofort nach São Paulo zu fahren, obwohl Nils deutlich seine Verstimmung zu erkennen gab. Darüber war Thomas, der nur mühsam seinem Drang, aufzustehen und zu gehen, um nicht mehr die ausschließende Fremdheit erfahren zu müssen, widerstanden hatte, wieder fast versöhnt.

Die beiden Tage waren mit der Suche nach der Natur ausgefüllt. Nachdem der Botanische Garten, den sie in ihrer Verzweiflung aufgesucht hatten, um endlich Bäume und die Pflanzen des Urwalds zu sehen, sie maßlos enttäuscht hatte, war er doch ein winziger Park, dicht unter den steilen Felsabstürzen eines der vielen Hügel in der Stadt, fast gänzlich im Schatten, und vom Lärm der nahen Hauptverkehrsstraße durchzogen. Ein kleiner Wasserfall war der Gipfelpunkt der erschlossenen Natur. Nachdem dieses jammervolle Beispiel für die kümmerlichen Reste der hier einstmals üppigen Flora sie schockiert hatte, wie das nur möglich ist, wenn Kinderträume zerstört werden, waren sie anderentags zum Parque National da Tijúca gefahren, der, am äußersten Stadtrand gelegen, eine einstündige Anfahrt mit dem Taxi notwendig machte. Überhaupt war der Park erst dem dritten Fahrer bekannt gewesen, ein Zeichen dafür, wie wenig sich die Cariocas um die Natur bekümmern, deren Abschaffung ihnen auch fast gelungen ist.

Das war nun tatsächlich ein großes, zusammenhängendes Urwaldgebiet, wie es früher alle Hügel in Rio bedeckt hatte. Da die Brasilianer im Vollgefühl der Volksmotorisierung aber des Laufens nicht willens sind, führen durch den Wald schmale Straßen, damit er besucht werden kann. Park- und Picnicplätze, wo Liebespaare bei ihren plärrenden Autoradios saßen, verleideten ihnen auch dieses schöne Gebiet, von dessen Straßen sie nicht abweichen konnten, da sie ohne Facao sich keinen Weg durch das Dickicht hätten bahnen können.

Fast schon zur Umkehr entschlossen, waren sie endlich auf einen Pfad gestoßen, der sie tatsächlich tief in den Wald brachte. Als sie hier in den Wald eintauchten, stieg ihnen der Rauch einer Macumba-Opferstelle in die Nasen, Zeichen der Versöhnungsbitte an die gestörten Götter, der Teiche, Wasserfälle, der Wälder und des Meeres, unheimlich heimliche Anwesenheit der Unsichtbaren. Ein Vogel pfiff monoton einen Laut, dann plötzlich rauschte es in den Blättern, als würde ein großes Tier durchs Unterholz brechen, und während sie erschrocken stillstanden, sahen sie zwei schwanengroße Jacus durch die Zweige fliegen und auf dem Ast eines hohen Baumes landen, der über und über mit gelbkleinen Früchten besetzt war. Nach einer Pause hob der Vogelpfiff wieder an, dass es Lena doch ein wenig unheimlich zumute wurde.

Nach einiger Zeit öffnete sich unvermutet das Dickicht und sie standen auf der roten Erde einer Lichtung, in der das Sonnenlicht schimmerte und schwirrte. Nur dieser eine immerwährende Ton und still leuchtender Sonnenschein lagen auf den fremden Pflanzen und Früchten am Waldrand, vom Winter war nichts zu spüren noch zu sehen, die Bäume mit ihren fleischigen, riesigen oder mit den kleinen, weißlich behaarten Blättern gaben den Grundton, dann die verschiedenen Palmenarten, deren manche wie spinnennetzartiges Geflecht im Gegenlicht zitterten oder die gewaltigen Ruder einer Bananenstaude. Sie alle fügten sich unter einen Schleier von Lianen, deren Ausgleichung die eine oder andere Pflanze erst kräftig hervorhob. Die Pflanzen haben etwas fließend Gewirktes, dunkelgrüner Vorhang, ein hellbrauner Baum, gedreht aus vielen kleinen Stämmen, die tastenden Luftwurzeln, die baumhohen Yuccas, die beschatteten kopfgrünen Früchte in der Höhe, in der Riesenfarne palmengleich im leichten Wind sich drehen. Wie verzaubert standen Lena und Thomas inmitten des Duftes, der Farben und der Strukturen dieses aussterbenden, hier wie in einem Zoo gehaltenen Lebens. Ehrfurcht und Trauer mischten sich in ihnen: da kam kein Puma geschlichen, noch lauerte im dämmrigen Blätterschutz ein Indianer, aber der Blick, den sie wie aus einem großen Fenster auf die urwaldbedeckten Hügel und Felsen warfen, zeigte ihnen eine Welt, die das als möglich erscheinen ließ. So standen sie, auf dieser staubigroten kleinen Bühne, und aus dem Wald sah es ranghoch auf sie herab in ihrer Hilflosigkeit.

Lena sah im Gras, im leuchtendroten Blumenteppich, in dem halbfingerlange Termiten kletterten, erdbeerähnliche Früchte und wollte schon danach greifen, als Thomas sie warnte: "Es ist merkwürdig, manches sieht so ähnlich aus wie bei uns in Europa und ist doch nicht dasselbe. Stell dir vor, man könnte nicht mehr an einer Brombeerhecke vorbeigehen und die Früchte essen, weil sie giftig sind. Welch mühsamer Lernprozess für die ersten Siedler in diesem Land, wo die Tiere und Pflanzen so ähnlich scheinen, es aber nicht sind."

Sie sahen einem handtellergroßen, glühendroten Schmetterling zu, der gemächlich vorüberschwebte, denn Flattern oder Gaukeln war das nicht mehr zu nennen, wie sich dieses Tier und nach ihm andere, schillerndblaue, schwarze mit roten Flecken auf den Flügeln zu einer Prozession zu reihen schienen.

"Auch wenn etwas Ähnlichkeit zeigt, kommt es mir wie verzerrt vor, sogar unsere Situation und unser Verhalten ist anders als drüben. Das ist so weit weg. Aber ich habe das Gefühl, dass wir ständig sicherer werden, obwohl wir und vor allem du, Thomas, so tun, als würde wirklich ein Blasrohr, mit vergiftetem Pfeil geladen, auf uns gerichtet seien. Obwohl ..." Lena schwieg einen Moment, als würde sie nachsinnen, bevor sie fortsetzte: "ich manchmal das Gefühl habe, als wäre das so, als würde uns etwas wie ein dampfender Hauch bedrohen, auch hier in diesem Wunderwald. Lass uns gehen, Thomas, irgendetwas, und ich kann nicht sagen, was, macht mir Angst."

Obwohl Thomas noch nicht zurückkehren wollte, sie verspotten wollte, als Zivilisationsmensch, für den ein paar Schritte vom Autoparkplatz das Unheimliche beginnt, nicht etwa in den rasenden Maschinen, fühlte er sich doch ein wenig angesteckt von den sorgenvoll ahnenden Worten, so dass er bald ohne all das zu sagen, wortkarg mit ihr umkehrte. Als sie im Bus saßen und dem grauenhaften Verkehrsgewühl zugesteuert wurden, war die Dämmerung gesunken und hatte mit Windeseile die Nacht hinter sich hergezogen.

Abends waren sie an einem kleinen Theater mit dem Namen ‚Independente' vorbeigekommen, in dessen Eingang ein Polizist, wie üblich die Hand am Colt, sich aufgebaut hatte. Schon wollte Thomas ein Zeichen der herrschenden Diktatur sehen, als ihn Lena auf das sehr kritisch scheinende Programm aufmerksam machte. Sie gingen eine Treppe hinauf und kauften eine der ausliegenden Zeitungen, die sich mit der Diktatur und ihren Verbrechen auseinandersetzte. Da wurden Folterer mit Namen angeprangert, nach dem Schicksal von "Verschwundenen" geforscht und die korrupte Verflechtung der brasilianischen Wirtschaft mit den multinationalen Konzernen angeklagt. Nun erschien ihnen der Polizist am Eingang eher wie der obligatorische Feuerwehrmann im Burgtheater, denn hier schien schon Freiheit zu herrschen, die nämlich, eine Gegenposition aufbauen zu können. Sie kauften sich Karten und, da die Zeit der Vorstellung gerade gekommen war, begaben sie sich in den Saal, der in eine Halbruine eingebaut zu sein schien und der diesen Zustand nicht durch einen schwarzen Anstrich verbergen konnte. Junge Leute, deren Aussehen sich kaum von dem der europäischen Jugend unterschied, kamen nach und nach hereingeschlendert. Viele begrüßten sich, als würden sie sich kennen, mit lautem Zuruf und den üblichen nichts sagenden Phrasen. Einige Schwarze waren anscheinend problemlos integriert. Der Raum hatte sich nach und nach gefüllt. Das Stück, das gegeben wurde, war keines, sondern aneinander gereihte Rollenspiele, Beispiel für gleichgültiges Verhalten in Situationen, die Engagement erforderten, die als Grundlage für die nachfolgende Diskussion des Publikums dienen sollten. Und die jungen Leute diskutierten, eigentümlich diszipliniert, ohne Zwischenrufe, Beifall oder Zeichen der Ablehnung.

Weniger über die politische Situation als über das Verhalten der Brasilianer und sie bestätigten durch die heftige Ablehnung des angeblich vorhandenen Volkscharakters eben das Vorurteil, dass zumindest die Cariocas zufrieden seien, wenn sie ihren Karneval und den Fußball genießen könnten. "Wie merkwürdig, dass die jungen Leute im allgemein Menschlichen die Ursachen sehen für die Diktatur, also an den Wirkungen versuchen zu korrigieren, statt an den eigentlichen Ursachen, der politischen Struktur des Landes," sagte Thomas leise, da er nicht als Ausländer erkannt werden wollte, zu Lena, die ihm ebenso erwiderte: "Vielleicht geht die Freizügigkeit, geduldet, eben doch nicht so weit. Dennoch kannst du daran den Aufbruch zur Demokratisierung ablesen."

Da Thomas auf die geflüsterten Übersetzungen durch Lena angewiesen war und so nur ungefähr dem Gang der Diskussion folgen konnte, verließen sie den

Cercle privé der abtrünnigen, bürgerlichen Jugend. Wie viele mögen es sein von hundert Millionen Menschen, die den Vortrab einer Redemokratisierung bilden können? Wie können sie bei der scheinbaren Ruhe und Unbehelligtheit der Bürger hoffen, dass sich viele ihnen anschließen, wenn sie doch selbst kaum zu glauben scheinen, dass die Mentalität der Brasilianer sich ändern könne? Ihre Gefühle waren zwiespältig, wenn auch die Hoffnung überwog und Lena sogar die Möglichkeit einer Revolution nicht ausschließen wollte.

Langsam fuhr der schwere Mercedes-Bus durch die engen Gassen der Vorstädte von Rio. Die alptraumhaften Hüttenhänge sahen aus, als wollten sie irgendwann über Nacht ins Tal stürzen. Einmal, als sie nahe an einer Baracke vorüberfuhren, sah Thomas, wie eine Negerin zu den Lumpen, die auf einer Leine flatterten, einen blauen Fetzen hinzuhing, und er ärgerte sich darüber, dass er dachte: "Welch hübsches Bild!"

Dann hatten sie die Autobahn erreicht, die sich in engen Kurven einen Hang emporschraubte. Am Straßenrand saßen in Abständen hagere Neger vor ihren wenigen Bananenstauden und boten ihre Früchte feil. "Sie sind so wenig auf den Verkauf eingerichtet, dass, wenn jemand stehen bliebe und ein Kilo kaufen wollte, die Armen in ernste Bedrängnis kämen, wo sie die vielen Bananen hernehmen sollten", sagte Lena, die sich nun, nachdem der Bus eine Hochebene erreicht hatte, bequem mit ihrem Gefährten zurücklehnte, als wolle sie sich in Ruhe einen besonders schönen Film ansehen.

Wie oft hatte Lena im fernen Deutschland von dieser Fahrt erzählt, von der Schönheit der Landschaft fast so oft wie von jenem Unfall, in den sie auf dieser Strecke verwickelt und bei dem sie nur knapp dem Tode entronnen war.

Als sie sich kennengelernt hatten, waren seine Hände bei ihrer Wanderung auf die Narben liebkosend gestoßen, und so war die Geschichte des Unfalls eine der ersten gewesen, die Thomas von ihr erfahren hatte. Nun schaukelte der Bus dieser Stelle näher, als wäre durch das Vorüberfahren, einer magischen Wiederholung gleich, ein Kreis geschlossen, wie in jenem Vers eines unbekannten Autors: Einmal noch sinken vorm Vergehn.

Es ist, als müsse im menschlichen Leben etwas Bedeutendes noch einmal wiederholt werden, damit man befriedigt aus dem Leben scheiden könne. Deswegen fahren die Kriegsveteranen zu den längst begrünten Schlachtfeldern, war doch der Krieg ihr wichtigstes Erlebnis, ihre Existenz tiefer betreffend als Heirat, Liebschaft oder Kinderzeugung. Bedeutsam nicht nur durch ihre Zugehörigkeit zu einem gigantischen, ihnen aber im Kleinen vertrauten Apparat, und ihre einmalige Wichtigkeit, sondern auch wegen ihrer Ausgesetztheit dem Tode gegenüber.

Sie sprachen dann längere Zeit von Unfällen, die sie erlebt hatten, und Thomas erzählte den Ablauf jenes Unfalls zu Beginn seines Studiums, als er nur um Haaresbreite dem vorzeitigen Lebensende entgangen war, indem buchstäblich die auf ihn zurasenden Räder eines Automobils, denen er, da er bei vollem Bewusstsein so auf die Straße geschleudert worden war, zusehen konnte, wie sie größer wurden, erst im letzten Moment von ihm weggelenkt worden waren.

"Weißt du", sagte er abschließend zu Lena, "bis heute war seitdem jeder Tag ein Geschenk, und wenn ich heute sterben müsste, würde ich leichten Herzens sterben, weil ich das Geschenk meines Weiterlebens verstanden habe und es mir vergönnt war, die Schönheit aufzunehmen, die sich dem bewusst Sehenden erschließt, und ich die Erfüllung meiner Liebe mit dir erlebt habe. Ich habe damals die anderen Menschen nicht verstehen können, denen ich freude-strahlend versicherte, dass ich froh sei, weiterleben zu dürfen und dass für mich das Leben noch einmal angefangen habe, und ich war fassungslos, als ich bemerkte, dass mein Erscheinen für sie selbstverständlich war, wo doch der Tag für mich als Geburtstag galt. Ich überlegte, dass ich dann auch hätte tot sein können, und sie hätten genauso gleichgültig reagiert."

Die Menschen sehen ständig den Tod vor Augen, wenn sie die Zeitung aufschlagen, wenn sie sich in ihre Maschinen setzen, wenn sie über die Straße gehen. Sie wissen das, aber sie ignorieren die Wahrscheinlichkeit, dass es auch sie persönlich in nächster Zukunft treffen könne. Je mehr die Menschen von der Welt und ihren Bewohnern wissen, desto weniger interessiert es sie, und dieses Paradoxon ist nicht einfach dadurch aufzulösen, indem wir sagen, dass die Überflutung der Sinne durch immer neue, immer mehr Reizungen zu ihrer völligen Abstumpfung geführt habe. Sie sind bereit, sich für irgendeine neue Narretei, ein schnelles Motorrad beispielsweise, den Schädel zertrümmern zu lassen. Vielleicht hat die Menschheit längst mit dem großen Mord und Selbstmord begonnen, und es wird nur noch versucht zu beschönigen. Weil ein Krieg in Europa zur sofortigen Auflösung desselben führen würde, die

Deutschen aber auf den Krieg nicht verzichten können, hat man das Tötungs-spiel nicht nur geduldet, sondern subventioniert. Das ungefähr war der Inhalt ihrer halblaut geführten Gespräche. und sie mochten wohl bei aller Deprimiertheit überlegen, ob und wohin eine Flucht möglich sein könnte.

Sie saßen auf den ersten Plätzen und sahen den überholenden Automobilen hinterher, Thomas nun wieder mit Autofahreraugen, als sie sich anstießen und sich auf einen Gaucho hinwiesen, der sein Pferd zu einem gemächlichen Zockeltrab, die Autobahn kreuzend, antrieb.

"Stell dir nur vor", sagte begeistert Lena, "das würde in Deutschland passieren!" Worauf Thomas entsetzt protestierte und diese Vorstellung von sich wies. Mit einem hohen Satz sprang das Pferd über die Leitplanke, wurde dann kurz von seinem Reiter pariert, der offensichtlich auf den Gegenverkehr achtete, dann waren sie verschwunden.

"In welcher Gegend sind wir eigentlich, dass es hier Gauchos gibt, unweit der Großstadt?" fragte sich Thomas und betrachtete aufmerksam die Landschaft. Die Straße führte durch ein weites Hügelland. Fern im Westen waren hohe, dunkel bewaldete Berge zu sehen, im Osten dehnten sich die Hügelwellen, um irgendwo dort steil zum Meer abzufallen.

Für den Bau der Autobahn waren viele Kuppen angeschnitten worden, und manche Hügel erinnerten ein wenig an eine angeschnittene rote Torte, denn die Erde strahlte mehr rot als braun in ihrer Nacktheit. Das erstreckte sich völlig kahl bis an den Horizont. Nur manchmal, wenn sie im Vorüberfahren den Einblick gewannen in ein solches winziges Tal, sahen sie in wenigen eine sumpfige Stelle am Grund, daneben eine Hütte und ein paar Bananenstauden und vielleicht eine einsame Palme, das war alles. Hunderte von Kilometern blieb das so, dieser ganze Landstrich ist radikal abgeholzt worden, die Erde, wenn es auch rote Erde war, wurde weggeschwemmt, die Fazendas und Hütten sind spurlos verschwunden.

"Unvorstellbar, dass hier einmal, vor nicht allzu langer Zeit, einer der reichsten Distrikte Brasiliens blühte, wenn man dem Reisebericht Tschudis glaubt, der diese Gegend vor knapp hundert Jahren besucht hat. Heute sehen wir eine trostlose Öde, die im Begriff ist zu verkarsten wie Jugoslawien, nur dass dort die Ursache zweitausend Jahre zurückliegt", sagte Thomas erschrocken über die völlige Vernichtung der einst so vielgestaltigen, bunten und üppigen Natur-Später fuhren sie durch ein Flusstal, an dessen Hängen sie die Bemühungen deutscher Forstfachleute bemerkten, die Krume vor weiterer Abschwemmung zu sichern, und so löblich das sein mochte, so absurd wirkten die Fichten- und Tannenwälder neben den kümmerlichen Resten der tropischen Flora.

Da die Natur wirtschaftlich genutzt werden soll, kennt man nur noch Nutzholz, ebenso wie Nutztiere, es fehlt eigentlich nur noch der Nutzmensch, für den es gerade in diesem Land ein Beispiel gab, nämlich die Sklaven, die es aber galt, nach heutigen Erfordernissen umzuformen, dass sie etwa nur geeignet sind, einen bestimmten Hebel an einer bestimmten Maschine zu bedienen. Die grauenhaften Auswirkungen des europäischen Ordnungsgeistes sind in diesen versteppenden Gebieten zu bewundern. Der Europäer gleicht einem Kind, das sein Spielzeug erst auseinandernehmen muss, um es kennenzulernen und um dann zu sehen, dass er es nicht mehr zusammensetzen kann. Thomas seufzte tief auf. Manchmal mochte er seine eigenen Worte nicht mehr hören, warum musste er überall Zerstörung sehen, warum konnte er nicht wie andere den Einflüsterungen glauben, von der Lebensfreude der Menschen, der notwendigen Ordnung und dem unabdingbaren Fortschritt, dem Segen der Menschheit, dem näher rückenden Garten Eden, diesen überall ernst und feierlich gesprochenen Worten? Warum machte ihm das Glauben überhaupt solche Schwierigkeiten? Konnte er einfach sagen, weil zuviel gelogen wurde?

Hatte er nun diesen Gedanken gesprochen, oder hatte sich sein Mund nicht geöffnet, wie er sich schon manches Mal dabei ertappt hatte, dass er etwas, was ihm aufgefallen war, nicht in seiner Schrecklichkeit Lena offenbart hatte, damit sie nicht denken solle von ihm, dass er nur Elend und Hoffnungslosigkeit sehe.

Einmal hatte sie ihn gefragt, wie er denn nur leben könne, woraus er seine Kraft beziehe, um trotz seines Erkennens eben diese Welt weiter anzuschauen. Er sei zwar kurzsichtig, hatte er erwidert, dennoch sehe er die Autobahnen, die Kraftwerke, die Flusskloaken, obwohl es schöner wäre, sie nicht zu sehen. Wenn er in einem Wald sitze, sehe er den Abfall, stehe die Natur ausgerichtet stramm, und doch, wenn er die Augen schließe, singe in ihm eine andere, vollere Melodie. Und vielleicht sei es das, was ihm die Kraft zu überleben bisher gegeben habe.

"Weißt du noch", sagte Lena, "wie wir mit Herrn Koslowski gesprochen haben, und er über das Projekt eines Staudammes an den Wasserfällen von Iguaçú gesagt hat, was mache es, wenn drei Fische stürben oder ein paar Pflanzen, wenn nur Arbeitsplätze für die Armen geschaffen würden. Es ist bitter, das Wirken der Koslowskis zu sehen, und dieser ist ja noch ein vernünftiger Wirtschaftsmanager, einer, der sich Gedanken macht. Aber die vielen anderen, die wie er in einem Dutzend von Aufsichtsräten sitzen und nichts als Gewinnmaximierung kennen, sind keine Landplage mehr wie einst die Heuschrecken, sondern eine Weltplage, und wenn sie aus irgendeinem Grund weitergezogen sind, bleibt eine versteppende Landschaft zurück, die wie hier einer endlos weiten, roten Dünenlandschaft gleicht, lebensfeindlich wie jene."

Lena hatte so deprimiert wie lange nicht gesprochen. Thomas merkte, dass ihr, nun, da sie bewusst diese Fahrt wiederholte, die ihr von ihrer Jugend her als so schön galt, ein Traum zerrann, und auf eine untergründige Weise fühlte er sich mitschuldig daran.

Er nahm wie tröstend ihre linke Hand, und sie betrachteten schweigend, als wären ihnen die Worte vertrocknet wie die Wasserstellen in dieser Steppe, den leichten, weißen, sich in der blauhügelnden Ferne verlierenden Zug der kleinen Wolkeneinbäume nach Nordosten zum Amazonasbecken hin.

So schaukelten sie faltergleich ihren Träumen und São Paulo entgegen.

Thomas schreckte hoch, weil die Bewegung zum Stillstand gekommen war. Der Bus hielt an einer Raststätte.

Während sie, um sich von der Verwirrung zu erholen, die in ihnen flackerte, als würde eine Kerze aus einem stillen Zimmer in die nächtliche Kälte hinausgetragen, einen Cafézinho tranken, erzählte Thomas seinen letzten Traum:

"Wir fuhren mit meinem Bruder und seiner Freundin über die Autobahn. Plötzlich schossen verschiedene Volkswagen an uns vorbei auf eine sich weit spannende Brücke. Dort durchbrachen sie das Geländer und stürzten in die Tiefe. Auf seine langsame Art fragte mein Bruder noch, was dort wohl geschehe, als auch schon, während ich ihm antwortete, jene würden wohl nicht freiwillig von der Brücke fahren, diese sei anscheinend vereist, der Wagen anfing zu schlingern, ich ihm dringlicher zurief, nur nicht auf die Brücke, lieber an den Pfeiler dort, was ihm mit einer überraschenden Geschicklichkeit gelang.

Wir blieben wegen der nur noch geringen Geschwindigkeit alle unverletzt, ich zog dich aus dem Auto heraus, weil ich dachte, es könne explodieren, was aber nicht geschah. Dann endlich sahen wir gebannt auf die Brücke, deren riesige Stahl- und Betonplatten sich aufbogen, als wären sie aus Papier, und mit einem ungeheuren Donnern zusammenstürzten."

Nach langem Schweigen erklärte Lena: "Ich sehe wohl den Einfluss unserer Unfallgeschichten, aber darüber hinaus glaube ich, dass du vor irgendetwas Angst hast, als scheutest du vor einem Schritt zurück, wie ein Pferd vor einem Hindernis, das es überspringen soll. Und ich weiß nicht, was das sein könnte."

Im Bus herrschte bald wieder eine fast drückende Müdigkeit, der sie sich nicht widersetzen konnten. Wenn sie die Augen öffneten, sahen sie mal die Hügelweite, mal eine kleine Stadt an einem Fluss, dessen Uferböschungen von wildem Grün strahlten, oder ein paar zerlumpte Gestalten, die unter dem sich erbarmungslos dehnenden blaudunklen Himmel an der Autobahn entlangwanderten, als hätten sie ein Ziel. Als sie sich São Paulo näherten, bat Lena Thomas, er möge die Augen schließen, um sich den Anblick der Industrievororte zu ersparen, wobei ihm ihre Hoffnung klar wurde, dass, nach den ersten Entwertungen ihrer Erinnerungen, ihm nun endlich die Stadt gefallen möge, in der sie, voll Freude darüber, dass sie die deutsche Kleinstadt mit einer brasilianischen Weltstadt vertauscht hatte, einige Jahre in wilden inneren und äußeren Turbulenzen gelebt hatte. Die Bitte kam ihm überflüssig vor, da er längst nicht mehr imstande war, seine Augen offenzuhalten. Erst als Kälte durch den Raum fegte, fand er sich an der Seite Lenas, stellte fest, dass sie die letzten aussteigenden Fahrgäste waren, unter dem von wirrgrellem Plastik strahlenden Zeltdach der Rodoviaria, in dessen Mitte eine gelbgrüne Wasserkaskade rauschte, was, mit dem Stimmengeräusch von Tausenden vermischt, wie ein dumpfer Schwall über ihm zusammenbrach.

Sie waren in der wirtschaftlichen und geistigen Metropole Brasiliens angekommen. Der nordamerikanische Einfluss war unverkennbar und musste es natürlicherweise gerade hier in dieser gigantischen Menschen- und Industrieansammlung sein, dem zehn Millionen Einwohner zählenden Wirtschaftszentrum des Landes. Dagegen musste Rio de Janeiro menschlich verträumt erscheinen, als gewachsene Stadt, während São Paulo diese Dimension vor einiger Zeit hinter sich gelassen hatte. Sie fuhren mit einem Taxi zum Hotel. Lena war von einer Aufregung erfasst, die Thomas noch nie an ihr gesehen hatte, als sie auf ein Hochhaus wies und erklärte, dass sie dort einmal gewohnt habe. Welch Gefühl für sie, zum ersten nach Jahren diese Stadt, die Häuser, in denen sie gewohnt hatte, wiederzusehen, diese Stadt, die sie nie verlassen wollte, und wenn schon die Stadt, so doch auf keinen Fall das Land.

Nun ist der Wunsch, alte Stätten wieder aufzusuchen, weit verbreitet, nicht nur unter den Deutschen, bei denen der eigentümliche Massentourismus nach dem Kriege eigentlich aus dem Wunsch der ehemaligen Soldaten entstanden war, ihre Kampf- oder Etappenstätte wiederzusehen, was sich zunächst auf das westliche, südliche und nördliche Ausland beschränkte, inzwischen aber zu von Journalisten beobachteten Erinnerungsreisen von ehemaligen KZ-Bewachern geführt hat, die ihr gut erhaltenes, vertrautes, altes KZ voll Rührung und guten Gewissens besuchen konnten, ohne von den Menschen oder den Behörden der betreffenden Ostblockländer daran gehindert zu werden.

Auch für Lena, der solche Rührseligkeit völlig fremd war, bedeutete diese Reise zunächst die mögliche Erkundung, ob sie in diesem Lande wieder würde leben können, galt so weniger der Auffrischung ihres Lebens am Dingquell ihrer Jugendwelt, als der ernsten Beobachtung von Thomas' Reaktionen und Erfahrungen, mit denen sie hier zu leben hätten. Es war dunkel geworden, unmerklicher in der Stadt des künstlichen Lichts, als am Meer oder im Wald, für deren Dunkelheit der Himmel ein tiefes Bett aufgeschlagen hat.

Das Hotel mit dem pompösen Namen, in dem Nils ein Zimmer für sie gemietet hatte, besaß den Grand Luxo nur im Namen. An einer Hauptverkehrsstraße gelegen, war die Kammer von gegenüberliegenden aufleuchtenden und verlöschenden Reklameschriften unruhig erleuchtet, bot so ganz den Eindruck, den Thomas von amerikanischen Kriminalfilmen gewohnt war. Sie beschlossen, eine Nacht zu bleiben, und sich anderntags ein besseres Hotel zu suchen.

Um nicht mit Nils und seiner Frau essengehen zu müssen, kehrten sie nach einem kurzen Spaziergang durch die steil ansteigenden Straßen, vorbei an einer anderen ehemaligen Wohnung Lenas, in ein ungarisches Restaurant ein, um, wie Thomas sagte, das Vergnügen zu haben, festzustellen, ob der Szegediner Gulyas so gut schmeckt in Brasilien wie in Wien, um die, wie Thomas sich das vorstellte, melancholische Atmosphäre in einem Emigrantenlokal kennenzulernen. Die Wandlampen hingen schief, und der bekümmert aussehende Oberkellner aus Budapest versuchte vergeblich sie geradezurücken. Die Städte Wien, als deren Bewohner Thomas sich ausgab, und Budapest, die Heimat des Oberkellners waren aus der brasilianischen Perspektive einander nähergerückt, wie überhaupt europäische Dimensionen zu lächerlichem Kinderspielzeug gerannen. Die brasilianischen Unterkellner waren in ihrem schwatzenden Lachen durch die ersten Gäste aufgeschreckt worden, stürzten sich, einander an Zuvorkommenheit überbietend, auf sie, so dass sie ihre Heiterkeit nicht verbergen konnten. Es war für brasilianische Verhältnisse noch keine Essenszeit, sie waren wie in ein fremdes Wohnzimmer getreten, die schäbigen Attribute, Andeutungen an das fast vergessene Vaterland, verloren sich im düsteren leeren Saal. Thomas erinnerte sich an Beschreibung eines russischen Emigrantenlokals in Buenos Aires, wobei der Autor seine Deprimiertheit in der der

Russen aufgehoben wähnte. Als er den Oberkellner fragen wollte, wie er an Ungarn denke, wurde er durch das Essen, das mit viel ungeschicktem Getöse gebracht wurde, daran gehindert.

Später dachte er, jener hätte eine solche Frage nur als Hohn empfinden können, und er war froh, nicht gefragt zu haben. Nachdem sie dem grämlichen Oberkellner mehrmals versichert hatten, dass der Gulyas kaum anders geschmeckt habe als in Wien, seine Rührung darob sich im hastigeren Zurechtrücken der Wandlampen gezeigt hatte, ohne aber ein Wort dazu zu sagen, verabschiedeten sie sich und gingen zu Nils, der ganz in der Nähe wohnte.

Der Wächter ließ sie passieren, sie fuhren in den 18. Stock eines Apartmenthauses, wo sie nach der telefonischen Anmeldung durch den Zelador von Nils schon erwartet wurden.

Er schloss seine erste Frau herzlich in die Arme, während Thomas und Maria, Nils Frau, so taten, als würden sie sich ansehen. Dann saßen sie in dem überaus sterilen Wohnzimmer, dessen Ledergarnitur, deutsche Sitzecke um einen Couchtisch, einen widerwärtigen Geruch ausströmte. Nachdem der Wunsch Thomas, eine Batida zu trinken, mitleidiges Lächeln und die Bemerkung, alle Deutschen würden in Brasilien Batidas trinken wollen, während doch die Brasilianer nur Whiskey oder Cognac tränken, hervorgerufen hatte, machte sich Nils, ein sehr großer, hagerer, blonder Mann, dessen unübersehbarer Bauchansatz bald von Lena bemerkt und zu seinem Missvergnügen erwähnt wurde, an der Hausbar zu schaffen, deren Öffnung allerdings auf die Schwierigkeit stieß, dass er den Schlüssel der womöglich diebischen Hausangestellten wegen versteckt hatte und nun nicht finden konnte.

Thomas Lachen schien Nils noch mehr zu irritieren, und er rächte sich damit, dass er im folgenden Gespräch auf Fragen zur Situation in Brasilien sich staatserhaltend gebärdete und sich gegenüber den Ankömmlingen aus Europa so verächtlich zeigte, als wären sie irgendwelche Gringos, denen man zeigen müsse, welche Lebensart man in dem fernen Lande Brasilien habe, wo europäische Gesetzmäßigkeiten keine Gültigkeit haben. Nachdem er mit weit aufgerissenen Augen erklärt hatte, dass es allen Menschen in Brasilien gutgehe, und die Diktatur die einzig durchführbare Möglichkeit für dieses Volk sei, herrschte plötzlich Schweigen. Diese vier Menschen, die ehemaligen und die neuen Partner, saßen sich gegenüber und staunten sich an: wer sind diese Leute, die aus Übersee gekommen sind und durch ihre Sprache so tun, als wären sie hier heimisch, in unserem Land, mochte Maria, die Deutschstämmige, denken, deren Gefühle brasilianisch geworden waren, sodass sie mit ihren Kindern nie in der alten, ihr fast unverständlichen Sprache redete. Und Maria mochte überdies in Lena die Rivalin wittern, für die Nils damals in der Trennungszeit sie jederzeit verlassen hätte und auch getan hatte. Sie wäre aber nie so unklug gewesen, diese anzugreifen, so blieb für ihren Ärger nur Thomas. Nils' Aufregung verbarg sich im Gegensatz zu der seiner Frau nicht. Aber in welcher Situation mochte er stecken: mit der Frau konfrontiert, die er in seiner Jugend geliebt hatte, von der er sich später nicht hatte trennen wollen, mit der er in dieses Land gezogen war, um es nicht mehr zu verlassen. Da kam sie an mit dem Manne, der, wenn auch mit Zwischenstation, sein Nachfolger geworden war und dessen offensichtliches Lachen über seine zur Schau gestellten Erfolge ihn doppelt provozierten: War er nicht gegen große Widerstände in diesem Lande zurechtgekommen, hatte er nicht eine Frau und zwei Kinder, waren nicht seine Erfolge im Beruf so groß, wie sie in Deutschland niemals gewesen wären? Hätte er, wie er gewollt hatte, den Fremdenführer spielen können, so hätte er Lena bewiesen, dass sie hier nicht hergehöre, hätte ihr nach Jahren die Quittung dafür geben können, dass sie ihn damals verlassen hatte, aber sie war nicht darauf eingegangen und hatte ihn der Möglichkeit beraubt, sie einzuordnen, abzustempeln, sie damit unschädlich zu machen für seine Welt, deren Störung er nicht wünschte, weil ihm keine Wahl mehr geblieben war, so sehr er sich darüber ärgerte, dass seine Kinder seine Muttersprache als lustigen, aber unverständlichen Dialekt abtaten, so sehr er sich nach einer Rückkehr nach Deutschland gesehnt hatte, die längst unmöglich geworden war.

Und Thomas, den er nicht zu durchschauen vermochte, war ihm der rechte Partner, der auf seine Provokationen hereinfiel und so jedes Gespräch verhindern würde. Lena erkannte dies alles, ihre Trauer machte sie stumm, auch wenn es in ihr rief 'Hört endlich auf mit dem unsinnigen Nichtsprechen'. War sie denn über den Ozean geflogen, um hier zu sehen., dass ein Sprechen mit dem Menschen, der fast ein Jahrzehnt lang ihr täglicher Partner gewesen war, nicht mehr möglich war? Sie hatte nicht Angst mitbringen wollen, sondern Freundlichkeit, und sie war neugierig gewesen, zu sehen, was aus Nils geworden war und wie sie unfähig geworden war ihn zu lieben.

Vielleicht ist es nicht möglich, den Menschen, wie er in einem selbst weiter-
lebt, sich sogar mählich entwickelt, mit dem gegenüberzustellen, der wirklich
vor seinem Doppelgänger, der ihm da heimlich entgegensteht, sich fürchtet, als
würde nicht etwas in ihm mit ihm sterben, sondern als müsse er seine ganze
Existenz verteidigen gegen einen heimtückisch sich tarnenden Angriff.

Thomas diente als Aggressionsziel und Dunstschleier, aber er merkte seine
Einsetzung nicht oder wollte sie nicht bemerken, weil sie ihn der Beantwortung
der Frage enthob, wie Lena gewesen sein musste, um fast ihre ganze Jugend
mit diesem Menschen zu verbringen und sich nicht vorstellen musste, wie sie
mit ihm die Nächte verbracht haben mochte, wobei ihm die Erzählungen Lenas
über den für ihn damals abstrakten Mann ein sehr nützlicher Stachel gewesen
wäre.

Und obwohl er sich in den Streit mit diesem Fremden geradezu stürzte, stach
ihn der eine oder andere Dorn durch diesen fast undurchdringlich schützenden
Panzer.

So freudig sich Thomas in den unsinnigen Wortstreit warf, als würde er die
Buchstaben wie gläserne Stäbe dem Widersacher, den er übrigens nicht
unsympathisch fand, an den Kopf werfen, so bewusst missverstehend nahm er
den Satz Lenas auf, der in eine Pause hineinfiel, wie ein Stein auf die glatte
Wasserfläche eines Sees: "Du kannst noch viel von Nils lernen!" sagte sie und
meinte das Verwickeln eines vielleicht unangenehmen Gesprächsteilnehmers
in einen folgenlosen Streit. Thomas aber sah sich von Lena durchschaut in

seiner Taktik, und die Stacheln drangen plötzlich spürbar durch sein Wortkostüm.

Da er aber verstimmt sein wollte, fühlten die anderen nunmehr unangenehm die Abwesenheit eines bequemen Blitzableiters, und der Abend fand einen raschfrostigen Abschluss in dieser selbst in ihrer Kahlheit geschmacklosen Wohnung.

Aufatmend nach den knappen Abschiedsformeln, die kein Wiedersehen andeuteten, traten sie ins Freie, wo ein Kaltlufteinbruch die Temperatur nahe an den Gefrierpunkt gedrückt hatte.

Ein Zoobesuch

Der Hotelbesitzer, ein mürrischer Portugiese, nahm mit verachtungsvoller Miene zur Kenntnis, dass diese Deutschen den Luxus seines Etablissements nicht zu schätzen wussten. Nach kurzer Suche hatten Thomas und Lena in der Nähe ein kleines Hotel gefunden, in dem sie ein ruhiges Zimmer im Hinterhoftrakt mieteten. Der Tag begann so freundlich mit kaltem Sonnenschein, dass sie beschlossen, das Haus zu suchen, in dem Lena einmal eine Wohnung innegehabt hatte. In einer Bar nahmen sie ihr Frühstück ein, und sahen zu, wie die Bauarbeiter der umliegenden Baustellen um neun Uhr morgens Pinga tranken, was Thomas nicht wenig erstaunte.

Die wenigen übrig gebliebenen einstöckigen Häuschen, die an ihrem Wege lagen, rührten sie wie Zeugnisse einer vergangenen Zeit. Um diese herum wuchsen die Hochhäuser.

"So ungefähr muss es in Wien oder Berlin vor hundert Jahren ausgesehen haben", sagte Lena, und als sie das Haus gefunden hatte mit der erstaunlichen Sicherheit, mit der man Wege, die man oft gegangen ist, an bestimmten Markierungspunkten wiedererkennt, trotz der vielen Veränderungen, und es nun eingekreist, verdunkelt sah, setzte sie enttäuscht hinzu: "Ich empfinde gar nichts dabei. Zwar sind mir die kleinen, weit auseinanderliegenden Stufen an den Bürgersteigen der Rua Pamplona vertraut, auch der kleine Park, durch den wir gerade gegangen sind, aber das ganze Viertel hat einen anderen Charakter gewonnen, besser, es hat den alten verloren."

Sie fuhren ins Zentrum von São Paulo, das keines war, einer Stadt, die keine mehr war, weil, wie sie die Landschaft, in der sie geplant und erbaut worden war, aufgefressen hatte, sie nun sich selber mit ihrem Verkehr verzehrte. Das urbane Leben war in eine Fußgängerzone gedrängt wie in einen sehr unruhigen Zoo, dessen kaum zu überschreitende Wassergräben durch eine unabsehbare Folge von Automobilen gebildet wurden. Dort nun suchten sie ein Reisebüro auf, das von einem älteren Deutschen namens Paulchen geleitet wurde. Ein ehemaliger Kapitän, der sein Deutschtum in der Fremde hochhielt, unwissend um die Entwicklung seines Vaterlandes, das er Jahrzehnte nicht gesehen hatte. In wirrer Folge spulte er touristische Erlebnisse ab, wenn man über den Nordpol fliege, sähe man links vom Flugzeug den heraufgrauenden Tag, ja die Sonne, und rechts die Nacht, in der hell strahlend der Mond untergehe, verglich er die Wasserfälle der Erde nach der Länge des verdrehten Filmmaterials und genoss die Bewunderung seiner des Deutschen nicht mächtigen brasilianischen Angestellten, zu denen er mit seinen ausfahrenden Gesten, seinem Kahlkopf und seiner dürren Länge in einem merkwürdigen Gegensatz stand. Er freue sich immer, Besuch aus Deutschland zu erhalten, dröhnte er. ,Als unlängst die Hamburger Philharmoniker …, eine andere Geschichtenfolge schien unabwendbar, aber auch unerträglich. Da sie die Karten für den Rückflug gesichert hatten, es erschien ihnen unvorstellbar, nach Restdeutschland zurückzukehren, in Paulchens Heimat, hörten sie seine Stimme durch den

Gang, durch den sie sich zum Aufzug entfernten, schwächer dröhnend, wie Kurtchen, der berühmte Geiger, vom Bootssteg ins Wasser fiel. Sie lachten und atmeten befreit auf: Als hätten sie einen Bären in seinem Käfig besucht, der, erfreut über die Abwechslung, seine eingeübten Kunststücke zum Besten gab.

Sie gingen zu einer in der Nähe gelegenen Bar, die Lena damals häufig aufgesucht hatte. ‚Ob sie mich wiedererkennen?' fragte sie sich, nachdem sie bemerkt hatte, dass dieselben Barkeeper ihre Honneurs machten.

"Es ist, als würde man nach Jahrzehnten einen alten Lehrer wiedersehen, man erkennt ihn, aber er hat ein diffuses Lächeln um seine Lippen, das immer dort auftaucht, wenn er glaubt, sein Gegenüber könne ein ehemaliger Schüler sein. Es ist zugleich ein Akt der Hilflosigkeit wie der Höflichkeit", erwiderte Thomas, und sie beobachteten die Irritation auf dem Gesicht des jungen Mannes.

Während sie die sorgfältig zubereiteten Batidas tranken, sahen sie hinaus auf den wogenden Strom der Gesichter. Wie verschiedenartig, wie fein abgestuft zeigten sich in ihnen die Rassen: nach kurzer Zeit kam sich Thomas vor wie in einem Karussell, das ihn mit sich führte, und vor ihm tanzten Gesichter wie in Seilen. Und obwohl er nur die Antlitze der Menschen im Vorübergehen versuchte sich einprägend zu erhaschen, strömten die Bewegungen wie eine unterlegte, kaum hörbare Melodie mit. Die Schattierungen verschwammen ihm: weiß, rot, braun, gelb, schwarz, eilig wog es vor ihm hin und wider. Erschreckend, wenn Gesichtszüge schwarz scheinen, die Hautfarbe aber gelb war wie bunte Vögel, die auf ihren Käfigstangen auf- und abhüpfen. "Kommen nicht wir von einem fernen Stern?" fragte Thomas flüsternd. "Welche Wege gehen die Anzug- wie Lumpenträger? Sinnlos und unbegreiflich scheint das, aber auf eine unverständliche Weise lebendig."

"In Deutschland hasten die Menschen mit dumpfen, ausdruckslosen Gesichtern an dir vorbei, gehetzt, gedemütigt, verschlossen. Aber hier scheint noch Freiheit vom Beruf, von der Einengung in bestimmte Funktionen spürbar zu sein, wie ein Rest des Tanzes, der wieder anheben wird. Und Tanz bedeutet Freiheit, die ihnen nicht zu nehmen ist, da sie die andere nie kennengelernt haben."

Thomas hatte die Augen geschlossen: Wo war er, war das Brasilien, wie er sich das gedacht hatte? Wo war Diktatur, wenn nicht in den beiden Militärpolizisten, die patrouillierten, mit ihren Schäferhunden, und die merkwürdig auffielen? Wo war die wirkliche andere Hälfte des Erdballs, die Zukunft, nur in der Bewegung, der Mischung der Rassen? Waren sie kindliche Geister, die man nur bewundern konnte, oder eine mörderische, der Kontrolle entglittene Mixtur von Eigenschaften, die noch nicht für Denkprozesse reif war, für begründeten Willen, für scharf argumentierenden Kampf, europäische Eigenschaften. War unter diesem tänzelnden Schritt nicht längst europäische Diskussion wie ein griechischer Philosophenklub im Klang der römischen Legionen? Sinnlos, aber womöglich bewundert! Oder mussten erst wirkliche Hilfestellungen europäischen Geistes, nicht die kapitalistische Ausbeutung, diese vielleicht sich selbst fremden Einflüsse bewusst machen? Wie empfindet ein afrikanischer Chinese, ein irischer Neger, eine deutsche Indianerin? Plötzlich kam sich Thomas in seiner romanisch-jüdisch-germanisch-slawischen Blutsmischung, die ihm als Kind sehr derbe Misshelligkeiten bereitet hatte, unheimlich einheitlich vor: natürlich mischten sich die Europäer seit Jahrtausenden oder wurden durch immer erneute Vergewaltigungen gemischt. Die Brasilianer aber erleben diesen Prozess erst seit wenig mehr als hundert Jahren.

Thomas schlug die Augen wieder auf, Lena lächelte ihn an, die Barkeeper lachten, die Früchte, überall verteilt, dufteten, die Sonne schien: "Nun gut, wir sind in São Paulo, Brasilien, lass uns in den Zoo gehen," bestimmte mit abschließender Entschlusskraft der nicht mehr nachdenkliche Mann, der die Anwesenden in dem kleinen Raum durch seine verstockte Einsilbigkeit nicht wenig geängstigt hatte.

Kurz nachdem sie den Eingang passiert hatten, erfasste Thomas mit einem Blick den hügelgleichen Aufbau der Urwaldbäume, brasilianischer Wald wie im Tijuca, aber von Tieren belebt, wie es einstmals gewöhnlich war und in den Urwaldgebieten am Amazonas und im Mato Grosso noch andauert.

In einem See, dessen Ufer von einer Vielzahl rosiger Flamingos gefärbt war, deren Aussehen Lena anwiderte, sprangen verschiedene Arten von Affen hin und her, Affen, wie sie Thomas in einem europäischen Zoo nie gesehen hatte. Die einheimischen Tiere erinnerten ihn an den rührenden Anblick von Ziegen und Hauskatzen in einem deutschen Provinz-Zoo. Sie wanderten weiter und sprachen davon, wie der glückliche Eindruck der vorhandenen Landschaft mit ihren Tieren nur durch den häufigen Fluglärm vom nahegelegenen nationalen Flughafen gestört wurde, die Tiere aber sich daran gewöhnt zu haben schienen wie Rehe an deutschen Autobahnen.

Der Park war zu der Zeit kaum besucht. Die mächtigen, hellbraunen Rücken der Elefanten kamen ihnen unpassend vor, obwohl sie sich dem anderen Kontinent durch ihr Suhlen im brasilianischen Sand angepasst hatten.

"In einem amerikanischen Urwald erwartet man eben nicht diese Tiere, die einen ganz anderen Lebensraum brauchen, und trotz alledem scheinen wir uns in Gedanken in einem solchen zu befinden", sagte Lena.

"Ja, die Voliere dort mit den Papageien und den Kolibris nimmt man kaum wahr, und wirklich fliegen einige dieser merkwürdig bunten Vögel auch außerhalb der Gitter, im Gegensatz zum Valentinschen Scherz, wo der Spatz nicht in den Zoo gehört, weil kein Schild für ihn vorhanden ist. So wird die Gefangenschaft freundlich aufgelöst, weil vor und hinter dem Gitter dieselben Lebewesen sind."

Wie Lena ihn anblickte, fiel Thomas der unbeabsichtigte Sarkasmus seiner Bemerkung auf. In einer kleinen Bar löschten sie ihren Durst, fühlten sie sich ganz erfüllt von dem Geruch der Tiere, des Heus, dem warmen Glanz des tropischen Wintermittags. Belustigt beobachteten sie die lange vergeblichen Bemühungen der Wärter, ein Zicklein aus einer Ziegenherde zu fangen. Wie heiter war alles. Auf der roten Tischplatte bemerkten sie einen winzigen Skorpion und verfolgten seine ruckenden, raschen Bewegungen. "Der gehört auch nicht hierher, sondern in einen Käfig, aber gibt es so einen kleinen?" lachte Lena.

Sie waren sich ganz nahe, und manchmal täuschte sich Thomas, dass er etwas mit Lenas Augen gesehen habe, doch ihre Ruhe und Wärme umhüllten ihn, als säße er mit ihr in einem Baumnest, fern von den Menschen.

Sie brachen wieder auf: In einem Seitengang stutzten sie. In einem Käfig lag ein Ehepaar auf einem nackten Stein. Der kräftige, muskulöse Gatte versuchte mit unendlich zarter Geduld seine Gefährtin aus ihrem Mittagsschlaf zu wecken, die sich zwar räkelte, aber wenn er allzu sehr insistierte, ihm platschend auf die Finger schlug. Die Zuschauer störten sie in ihrem traulichen Spiel nicht im Geringsten. Trotz seiner fast militärischen, roten Haartracht wirkte der Mann freundlich, bei den Abweisungen schien er zu kichern.

Wie gebannt sahen Lena und Thomas zu, waren sie doch sicher, vor den übertrieben starken Stäben. Es schien, als flüsterte der liebende Gorilla zärtlich tröstende Worte ins Ohr des Weibchens: ,Weißt du, die Gefangenschaft ist nicht so schlimm, Hauptsache, du bist bei mir. Mit welchem Recht werden wir gefangen gehalten, nur weil wir eine andere, graue Hautfarbe haben und eine andere Sprache sprechen? Die Indianer und die Neger wurden von den Europäern wie wir behandelt, nur mussten sie arbeiten und wurden mit Peitschen geschlagen. Aber wir blicken in die hohen Kronen, in denen wir unsere Heimstatt hatten, und die kleinen bunten Vögel surren um uns.'

Lena löste den wie in einen Spiegel Versunkenen: "Du, Lieber, wir müssen gehen, sonst wird es zu spät für das Treffen mit Nils."

"Wir sollten sie in den Wald geleiten und sie um Vergebung bitten", flüsterte Thomas, als könnte er die beiden Gorillas in ihrer Intimität stören. Aber er ließ sich zum Ausgang leiten, und nachdem er es vermieden hatte, sich noch einmal umzudrehen, schüttelte er mehrmals den Kopf, wie um einen nebellastenden Druck abzuwerfen und murmelte: "Warum sie und nicht wir? Oder sind wir das?"

Eine Abrechnung

Lena war auf dem Wege, sich mit Nils zu treffen und Thomas blieb ganz allein im Hotel zurück. Fast wäre er der Versuchung erlegen, den ganzen Abend dort zu verbringen, obwohl seine ersten Eindrücke alles andere als vertrauenerwekkend gewesen waren: beim ersten Versuch, sich die Hände zu waschen, hatte er plötzlich den Wasserhahn in der Hand gehalten.

Dann hatte Lena den Portier rufen müssen, um eine handgroße Barata aus dem Zimmer vertreiben zu lassen, und er hatte staunend zugesehen, wie der Portier mit dem trotz seiner Größe unheimlich flinken Tier Fußball spielte und erst in einer Ecke des Flurs das schwarzplatte Wesen zertrat. Das platzende Geräusch lastete noch in seinen Ohren.

Dennoch schien ihm das Hotelzimmer ein Refugium gegenüber der ohne Lena doppelt unwirtlichen Stadt. Aber wenig später ging er rasch die Rua Pamplona hinauf, die schmalen Treppenabsätze mit einem scheinbar leichtfüßigen Doppelschritt überwindend, um zu einem Kino an der Avenida Paulista zu gelangen.

Während er im hellen Licht der Hauptstraße und der Bankenhochhäuser langsamer ging, die Angst vor einem Überfall sich abschwächte, wurden ihm seine Gedanken bewusst.

"Ich bin fern von allem, was mich hält. Warum versinke ich nicht? Welch gleichgültiges Leben in der Bundesrepublik, Freunde und Geschwister sind entfremdet durch das Jagen nach Geld und Anerkennung, sind auch sich selbst entfremdet, weil sie unfähig sind, das zu tun, wonach sie sich immer gesehnt haben. Die Bemühungen um eine Wirksamkeit sind in grausam konstruierten Rechtfertigungen und im Bewusstsein der eigentlichen Wirkungslosigkeit verendet. Die Clique von abgefeimten Politikern und ihren Hofschranzen hat nicht nur ihre eigene Glaubwürdigkeit längst verloren, sondern sie hat auch eine ganze Generation zu Duckmäusern verurteilt. Niemand hat noch den Mut, sich zu wehren, eine abweichende Meinung zu äußern, die Verhetzung jedes Kritischen wird hingenommen, es gibt keine Presse mehr, die den Namen verdient, das Ausland fürchtet die Deutschen und schweigt.

Und ich kümmere mich nur um Lena und mein Schreiben. Warum sollte ich in dieses ferne, widerwärtige Land zurückkehren, in dem die wenigen anständigen Menschen nur zwischen den Rollen des Don Quijote und des Michael Kohlhaas wählen können, die breite Masse aber durch eine jahrzehntelange Beeinflussung, durch Zeitungen, Radio und Fernsehen einen Grad von Verblödung erreicht hat, die es der diktatorisch manipulierenden Clique leicht macht, sie in diesem Elend zu belassen. Die alt gewordenen Massenmörder in Wort und Tat sind in Ehren aufgenommen, und die neuen bedienen sich des Autos oder der Vernichtung des Lebensraumes. Ich bin so ohne Bedauern um das Schicksal der hochmütigen Deutschen in Ost und West, dass es mir peinlich ist, im Ausland Lob über dieses kleine schreckliche Volk zu hören, das bereitwillig in völliger Unkenntnis desselben gespendet wird, weil es so tüchtig sei und weil vergessen wird, dass diese Tüchtigkeit so unendlich viel Leid über die Welt gebracht und zu millionenfachem Mord geführt hat.

Und doch bin ich durch Sprache und Kultur an dieses Volk gebunden, wobei Volk zwar etwas historisch Begründetes ist, aber gar nichts mit den lebenden Deutschen zu tun hat. Wieso fällt es mir nur, im Gegensatz zu Lena, die sich hier in Brasilien integriert hat, so schwer, daran zu denken, Restdeutschland für immer zu verlassen?" So sinnend war Thomas langsam die Avenida Paulista entlanggegangen, an der nur noch vereinzelt Paläste und Parks an die früher hier vorhandene Wohngegend der Vornehmen erinnerten. Es war kalt. Die Pipocaverkäufer hatten sich für diesen Tag schon verzogen. Ein paar Nachzügler hasteten zum Theater.

Der Wind fegte die Autobahn entlang, die auf einem Hügelrücken durch die Hochhäuseransammlung hindurchführte, aber die Stadt als eingebettet in eine Landschaft zu finden war platterdings unmöglich, weil die Hochhäuser alle Niveau-Unterschiede nivelliert haben. Eine Stadt mit zehn Millionen Einwohnern, aber was mochte das schon heißen, denn Einwohner einer Stadt im europäischen Sinne waren sie sicher nicht, und ihre Bezeichnung als die Paulistas verwies auf weit zurückliegende Empfindungen. Nein, eine Stadt war das sicher nicht. Einmal hatte Thomas zwei sich kreuzende Fußgängerbrücken über einer der Autobahnen gesehen, und diese waren schwarz von wimmelnden Fußgehern gewesen, als würden sie alle auf einem Fleck stehenbleiben und Arme und Beine kreisen lassen, als wollten sie davonfliegen. Aber auf der Avenida Paulista schien es nur noch Maschinen zu geben, zwischen Häusern, die ebenfalls Maschinen waren, nur fest verankerte, immer erneut anrollende Wogen von Volksmaschinen, und die alten Bannerträger des

Diktators sahen seine späten, aber überzeugenden Erfolge. "Als es dem großen Führer nicht gelang, die Welt nach seinem Willen zu gestalten", dachte Thomas, "haben seine Nachfolger diesen Willen durchgesetzt."

Plötzlich schrak er zusammen: An der Ecke eines Parks, an dessen schwarzgeschmiedetem Gitter er eben vorbeigegangen war, stand in einem Pappkarton ein Mann so unbeweglich, dass Thomas erst achtlos wie an einer Statue vorübereilen wollte. Barfuß, im dünnen Sommerhemd und lumpiger Hose, ohne bettelnde Gebärde, die Arme verschränkt, stand er da. Stumm, ohne Zittern, nur in seinem Sodastehen drohend.

Thomas begann zu eilen, nun hatte er das erste Mal bitter gedacht, warum lässt mich Lena allein, worüber unterhält sie sich mit Nils, ich werde es nie erfahren. Wie gehetzt löste er eine Karte, betrat erleichtert das Kinofoyer, dessen Plüsch europäisch vertraut war, und tastete sich mühsam an den Sitzreihen entlang, um sich endlich im nächtlich verdunkelten Saal fast auf einen dunkel gekleideten Neger zu setzen.

Nach einiger Zeit des Vergessens ließ sein Bemühen nach, die ihm sinnlos erscheinenden Brutalitäten auf der Leinwand zu verstehen, und er dachte:

,Ich sitze in einem Kino der Stadt São Paulo in Brasilien, auf der südlichen Halbkugel der Erde, in dem dunklen Kinosaal hätte ich mich gerade fast auf einen Neger gesetzt. Ich bin eine Straße entlanggeflohen, weil meine Frau sich mit ihrem ersten Mann trifft, der Brasilianer geworden ist. Ich habe Angst empfunden, dann fand ich die Situation absurd, nun, da auf der Bühne ein Yankee geschlachtet wird, kann ich schon mit den Brasilianern lachen. Wenn ich hier bliebe, um nach zwanzig Jahren zurückzukehren nach Deutschland und mich niemand erkennen würde, hätte ich wenigstens den Kindertraum erfüllt, der mir so oft die verstoßenden Eltern, die misshandelnden Geschwister tränenreich ausgemalt hat.'

Im Film waren die Verbrecher aus Verzweiflung, die sich vergeblich zu den schützenden Macumba-Riten der Faveleiros geflüchtet hatten, unter den Polizeikugeln gestorben.

Das Publikum drängte befriedigt zum Ausgang und mit ihnen Thomas, der nun versuchte, rascher durch die Öde der Hauptstraße zu gelangen, um in der ihm schon vertrauteren Umgebung der Rua Pamplona eine Batida zu trinken, denn dass Lena noch lange nicht ihre Unterredung mit Nils beendet haben würde, war ihm schmerzlich klar.

Die Zufälligkeit, in einer ihm völlig fremden Stadt durch die Straßen zu laufen, deprimierte ihn auf eine ihm bisher unbekannte Art.

,So sind wir aber im Leben, und dass man dies in der vertrauten Umgebung nicht bemerkt, ändert nichts daran, die eigene verschwindende Nichtigkeit mit sich herumzutragen. Taten, Ehre, Anerkennung, Freundschaft: dies sind die Schleier, um diese Leere erträglich zu machen. Die Menschen, die diesen Zusammenhang erkannt haben, betrügen sich wissentlich, um so wie vorher weiterleben zu können. Das Wichtigste für mich wie für Lena ist unsere Liebe, mit deren Ende allerdings auch mein Leben enden würde, und nur für mich kann ich diese Bestimmtheit anwenden. Die meisten Menschen leben freiwillig liebeleer, um nicht verletzt werden zu können, wir aber sind nicht davor zurückgewichen, ich darf nur nicht um Hilfe rufen, ins Äußere, zu Dritten flüchten, dann wird Lena mich halten.'

In einer kleinen Bar, in der er einmal mit Lena zusammen gewesen war, wurde er neugierig, fast mitleidig, vom Barkeeper betrachtet, er mochte seine eigenen Schlüsse aus Thomas' hartem, ernsten Ausdruck ziehen. Die Aussprache der portugiesischen Nasale wollten ihm bei der Bestellung nur mühsam gelingen, und der junge Mann mit einer gelben, billigen Hornbrille blinzelte fragend durch die überaus dicken Gläser und stellte ihm dann das Glas behutsam wie einem Kranken auf die rote Plastiktheke.

Thomas blickte, in kleinen Schlucken trinkend, über die Straße in das gegenüberliegende große, leere Hamburger- und Pizzalokal, dessen grelle Farbkombinationen - violett, gelb, grün und hellblau - von einer absurd-amerikanischen Scheußlichkeit waren.

,Wahrscheinlich sind die Deutschen nur deshalb in Brasilien so beliebt, weil man so den Amerikanern eins auswischen zu können glaubt', dachte er.

Eine Szene am Corcovado stand ihm plötzlich vor Augen, wie der kleine zahnlose Taxifahrer sich ein Vergnügen daraus machte, die dicken Amerikaner auf Rio-Trip in seinen engen VW-Bus zu pferchen, wie er zum Gaudium der umstehenden Brasilianer deren völlige Unkenntnis der Sprache zum Anlass nahm, diese auf gröbste Weise zu verspotten, indem er das ewige Okay aufnahm und schimpfte, dass den fettwänstigen Gringos das Okay noch vergehen werde, wenn erst die Flöhe, mit denen sein Bus noch dichter besetzt sei als mit Amerikanern und deren Brieftaschen mit Dollars, anfangen würden, sie zu beißen und zu zwicken.

Er mochte gelächelt haben, der Barkeeper unternahm sofort einen fruchtlosen Versuch, mit seinem düsteren Gast ein Gespräch anzufangen, und wieder war Thomas so traurig wie vorher, nun seiner Sprachlosigkeit wegen.

‚In Deutschland', fiel ihm bitter ein, ‚wird diese Unfähigkeit durch vielfältige Formeln verdeckt, die beliebig eingesetzt werden können, und die von den unbeteiligten Beteiligten nicht ernst genommen werden müssen. So wird überdies das Zuhören überflüssig. Bis auf zwei Freunde und Lena ist das sogar im Bekanntenkreis so, niemand ist gewillt, zu hören oder wirklich etwas zu sagen, aber mit einem Wust von Floskeln decken sie sich zu und bleiben einsam. Bei vielen scheint die Möglichkeit des Sichmitteilens nie vorhanden gewesen zu sein, diese leiden in ihren Redewendungen.'

Während er seine dritte Batida trank, war seine Aufmerksamkeit mit einem Schlag durch den Kurzsichtigen, der ab und zu seinem einzigen, schweigsamen Gast aufmunternd zugelächelt hatte, gefangen, der seine Brille mit einer Papierserviette putzte, umständlich und genau, wie er das Getränk gemixt hatte, um dann, keineswegs hastig, zum größten Erstaunen Thomas' das gelbe Papier in den Mund zu stecken und, wie es schien, genussvoll und gedankenverloren zu kauen und zu schlucken. Nun war es an Thomas, aufmunternd zu lächeln, der Andere aber sah ihn nicht an, und so fühlte sich Thomas von der Unheimlichkeit des Vorgangs erfasst und gedrängt, ins Hotel zu gehen. Er nahm noch eine Flasche Bier mit, die ihm der Papieresser akkurat zu einem kleinen Paket verpackte, wurde sehr freundlich verabschiedet und ging kopfschüttelnd die wenigen Schritte, sorgsam auf die kleinen Stufen achtend zum Hotel hinunter. ,Hoffentlich ist das nicht wie bei Hunden, die Gras fressen', dachte er, ,und es gibt morgen schlechtes Wetter, was schade wäre. Aber lieber im Regen am Meer, als in São Paulo.'

Sie wollten zur Insel Guarujá vor Santos fahren, wo Nils eine Ferienwohnung besaß, die er ihnen aber nicht zur Benutzung angeboten hatte, so sehr sie darauf gewartet hatten und wo ein Treffen am Wochenende vielleicht einfacher wäre als in der Stadt. Thomas war fast eingeschlafen, als Lena hereinkam, und im Halbschlaf gestreichelt, vernahm er wie von fern ihre aufgeregten Worte, dass sie mit Nils habe sprechen können, dass er unglücklich sei, sich ausgeliefert und hoffnungslos fühle. Aber ohne ihn gerecht werden zu können, mit den Worten 'Morgen, ich freue mich' war er bald fest eingeschlafen.

Praia do Tombo

Sie hatten das Frühstück für neun Uhr bestellt, und pünktlich wurden sie durch das heftige Klopfen des Etagenkellners geweckt. Ausnahmsweise war Thomas froh, der Landessprache nicht mächtig zu sein, da so Lena gezwungen war, den Kellner zu bitten, das Tablett vor der Tür zu deponieren. Sie holte es nach einer gebührenden Wartezeit, dann legten sie sich noch einmal hin, aber schnell wurden sie durch den Duft des Kaffees veranlasst, sich aufzusetzen und zu frühstücken. Lena war schon früh wach gewesen, hatte über ihr Treffen mit Nils nachgedacht, auch darüber, dass sie Thomas das erste Mal auf dieser Reise alleingelassen hatte, den geliebten Mann, dem sie doch nicht wehtun wollte, was sie sich, da er zusammengekrümmt wie ein kleines Kind fest schlafend neben ihr lag, noch weniger denken konnte. Dann hatte sie zum Fenster hinausgesehen, in das trübe Morgenlicht, und war wieder eingeschlafen. Nun, da sie mit dem noch traumgefangenen Thomas im Bette saß, war es zwischen den Hochhäusern heller geworden, aber immer noch musste es nasskalt sein. Die einstöckigen, bunten Häuschen schienen sich schutzsuchend aneinander zu kauern, aber auch das würde ihnen wohl nichts nützen, eine Reihe nach der anderen würde gefressen werden, um Appartementsilos aufsteigen zu lassen.

An diesem Tage würden sie von São Paulo abreisen, und Lena war sich darüber im klaren, dass sie nie wieder hier würde wohnen können. Sie konnte sich nicht mehr vorstellen, wie sie damals die Stadt ertragen hatte, sie musste viel kräftiger gewesen sein in ihrer Jugend, und plötzlich kam sie sich älter vor, nicht ihrer paar Fältchen und Narben wegen, sondern weil sie ein dumpfes Gefühl von Schuld in sich fühlte, ein Verantwortungsgefühl für den armen Nils und für Thomas, das nicht zufrieden zu stellen um sie schwebte.

Die Gedanken der beiden liefen ihre eigenen Bahnen, noch einmal wie zum Abschied umarmten sie sich, begrüßten sich ihre Augen, aber schon flackerte Unruhe auf diesen sonst ruhig sinkenden Bahnen, und Lena drängte zum raschen Aufbruch, denn der Busbahnhof, von dem sie abfahren sollten, lag weit draußen in einer Vorstadt, am innerbrasilianischen Flughafen, und die Fahrt nach Guarujá würde zwei Stunden dauern. Die Berichte ihrer vortägigen Erlebnisse verschoben sie solange.

Im Landeanflug dröhnten die Flugzeuge über die Wartehalle, wo sie noch eine halbe Stunde bleiben mussten. Der am Vortage sich ankündigende Kälteeinbruch war im ganzen Süden Brasiliens eingetreten, Schnee war zum ersten Male seit 23 Jahren auf die Kaffeeplantagen gefallen, die Preise würden steigen, und der Börsenkurs war sofort um 15 % gesunken. Es waren nur wenige Grade über Null, man fror. Ihnen gegenüber saß eine junge Negerin, ihr Kind auf dem Schoß, wodurch sie seit geraumer Zeit, da sie versuchte, eine kleine Flasche mit Säuglingsnahrung zu öffnen, arg behindert war. Endlich bat sie einen neben ihr wartenden jungen Mann zu helfen, was der auch sofort tat, sich mit einigem Kraftaufwand bemühte, mit einem Löffel den festsitzenden Verschluss aufzusprengen. Das gelang ihm so plötzlich, dass ein Teil des

Breies auf seinem glattgebügelten, hellbraunen Anzug landete. Verbittert blickte er auf den großen Fleck, der seinen möglicherweise einzigen Anzug verunstaltete, aber ohne ein Wort des Ärgers versuchte er, mit einem nicht mehr reinen Tuch, das die Frau ihm anbot, das Gröbste zu beseitigen.

Lena und Thomas sahen Einigkeit in ihren Augen: welch Unterschied zu deutschem Verhalten. Dieses Bild des Friedens wirkte wie eine Oase, in der von Unruhe erfüllten Halle, eine kleine Bar war von Cafézinho-Trinkern umlagert, alles klagte über die Kälte, gegen die sie sich mit Schals und Pudelmützen versuchten zu schützen, die ständigen Ansagen der Busabfahrten wurden immer wieder vom Fluglärm übertönt, mehrere Fernsehapparate strahlten Fernsehfilme aus und fistelten durch den allgemeinen Lärm. Auf dem Weg zum Bahnsteig sahen sie ein kleines Negermädchen, dessen Pudelmütze ihnen erst ein Lächeln auf die Lippen zwang, das dort seltsam verzerrt einfror, als sie das dünne Sommerkleidchen und die nackten Füße des Kindes bemerkten. Warum greifen wir nicht ein? stand als stumme Frage zwischen ihnen, die nicht durch eine Tat beantwortet wurde.

Wie ein Kloß steckte das Unwohlsein in Thomas' Kehle: Wenn er sich auch daran erinnerte, wie oft Lena bettelnden Kindern etwas zu essen gekauft hatte, was von diesen dann unbeachtet geblieben war, weil sie wohl den Auftrag hatten, nur Geld zu erbetteln, warum konnten sie nicht Weihnachtsmann spielen? Thomas dachte an seine eigene Kindheit, wie er amerikanische Soldaten angebettelt hatte und immer davon geträumt hatte, jemand würde ihm Schokolade oder Phantastisches schenken, damit die Not mit einem Schlag ein

Ende hätte. Andererseits sagte er sich, dass es keinen Sinn habe, an den Symptomen des Systems herumzudoktern, dort zu helfen, was aber letztlich nur dem System zugute kommen würde. Humanitäre Hilfe, um das Schlimmste zu verhüten, kann nur eine Revolution, für die eine Verelendung der Massen notwendig ist, verschieben, wenn nicht verhindern.

Lena verweigerte das Eingreifen, weil sie damit eine Kette ohne Ende in den Händen halten würde, deren Glieder sie unerbittlich, Glied für Glied, würde verfolgen müssen. Es half ihnen nichts, auch nicht die Erinnerung an Indien oder die Sahelzone. Sie sahen das Elend in Gestalt eines kleinen, halbnackten Negermädchens, in frostig nasser Kälte.

Als sie in den Bus einstiegen, bemerkten sie auf der Brücke über den Fahrbahnen eine Station der Militärpolizei, und plötzlich spürte Thomas etwas von der Gegenwart der Überwachung, vergaß dieses Gefühl von Diktatur aber schnell wieder. Es hatte begonnen, leicht zu regnen, es war kalt im Fahrgastraum, ein Fernsehgerät vor der rechten Sitzplatzreihe zeigte rotierende Fetzen irgendwelcher Fußballspiele.

"Es ist wie ein Aufbruch, um nicht mehr zurückzukehren", sagte Thomas frötelnd. Es war, als sei er zur letzten Etappe einer Reise gekommen, als müsse er sich auf der Insel ansiedeln und von der Welt nur noch manchmal seufzend träumen.

Die Autobahn führte an Seen vorbei, dann ins Gebirge hinein, wo aus dichtem Nebel manchmal ein urtümlicher Baumriese wie eine mahnende Hand seine riesigen Blätter hervorreckte. Die Abhänge waren von dichtem Urwald bedeckt, dessen Fehlen am Fuße des Küstengebirges die auftauchenden Industrieanlagen von Santos krasser und fremdartiger erscheinen ließ. Kilometerlang sahen sie nahe der Straße die Röhren, Schornsteine und Hallen, zwischen denen Menschen schlichen, und über denen ein giftiger, gelber Nebel lag. Die wenigen Stände mit Früchten oder anderen Erfrischungen wirkten vor dieser Kulisse wie die letzten Reste einer untergegangenen Zivilisation.

"Was mögen die reichen Manager aus São Paulo wohl denken", sagte Lena. "wenn sie auf dem Weg zu ihrer Eigentumswohnung auf Guarujá an den von ihnen verwalteten Sklaven vorüberfahren, die noch dazu dankbar sind für die Arbeit in dieser Industriehölle?"

"Sie wissen, dass dann die Sümpfe kommen, durch die wir nun fahren, dass sie am offenen Meer den schemenhaften Eindruck der Folterung von Natur und Mensch vergessen werden. Vielleicht sind sie auch stolz auf die Aufbau-leistung und erfreuen sich der guten Straße, auf der ihre Augen nicht länger auf dem neuen Elend, von dem sie leben, gezwungen sind zu verweilen. In Deutschland sind solche Anlagen versteckter, und der Bruch ist nicht so krass, weil die Landschaft schon seit langem zerstört ist." Der Urwald zur rechten Seite zeigte schon Narben, selbst in diesen Sümpfen schienen Menschen zu leben. Thomas hatte nicht das Gefühl, auf eine Insel gelangt zu sein; die Kanäle, die sie überquerten, gaben ihnen nicht das Bewusstsein der Ablösung, das sich sonst bei ihnen, auf eine Insel übersetzend, sofort einstellte.

Der Bus hatte Guarujá erreicht und fuhr zwischen Hochhäusern zur Endhal-testelle. Lena und Thomas stiegen aus, es war feuchtkalt, die Wände bauten sich grausamer auf um sie. Thomas fühlte sich verlassen wie in einem verriegelten Hochgebirgstal. Sie mussten lange auf ein Taxi warten. Trotz ihrer Abneigung gegen den deutschen Namen fuhren sie zum 'Strandhotel', das ihnen Nils empfohlen hatte. Sie stiegen aus: Das Meer packte sie und füllte ihre Ohren mit dem Donnern, dessen Kälte sie flüchten ließ.

Als sie sahen, dass das Hotel unmittelbar am Strand und überdies dieser Strandabschnitt ganz ohne Hochhausverbauung im Abendlicht lag, gab es keine Frage mehr: hier mussten sie wohnen. In der Rezeption, die einen verwahrlosten Eindruck machte, stand ein alter, sehniger Mann, der sich als Felix vorstellte, und mit dem sie rasch - Deutsch sprechend - zu einer Unterhaltung kamen. ‚Welch eigentümliche Veränderung nun wieder’, dachte Thomas, ‚ich freue mich, Deutsch sprechen zu können, und gleichzeitig ärgert es mich, nicht nur weil Lena, verstimmt ist darüber, dass sie ihr Sprachmonopol verloren hat, einsilbig geworden ist: es ist unpassend, in der Fremde Heimatliches vorzufinden.’

Felix aber entpuppte sich als agiler 84jähriger Greis, der sein Leben in einer Zeit mit dem Kontinent verbunden hatte, als tatsächlich noch Abenteuer damit verknüpft war. Nach der Teilnahme am ersten Weltkrieg, wo er die ersten Tank-Schlachten miterlebt hatte, war er ausgewandert, nicht etwa aus politischen Motiven, sondern nur, weil eine Schwester in Bolivien verheiratet war. Er erlebte in Bolivien nach seiner Erzählung 38 Revolutionen, nur die erfolgreichen gerechnet; am zweiten Weltkrieg wollte er aus Vaterlandstreue teilnehmen, wurde aber durch die heimtückische Internierung in den USA daran gehindert. Sie hatten den Eindruck, einen fossilen Deutschen kennenzulernen, für den Begriffe wie Vaterland und Heimat etwas bedeuteten, was sie nur aus Büchern kannten. Dieser Mann hatte sich ein Bild von Deutschland bewahrt, unberührt von der Katastrophe des Dritten Reiches, unberührt von der weltpolitischen Entwicklung, kämpfte er nur mit den sprachlichen und klimatischen Gegensätzen zwischen dem Hochland Boliviens und der Tiefebene Brasiliens.

Seine Meinung über die Lateinamerikaner, sie seien arbeitsscheues Gesindel, das man nur zu seinen Zwecken auszunutzen verstehen müsse, war davon unberührt. Als sie ihn fragten, wie es komme, dass der Hauptstrand durch Hochhäuser wie mit einer riesigen Mauer von der Insel abgeriegelt war, und die Schilder an den letzten Baulücken alle einen Israel Eisenschein als Bauherrn auswiesen, wusste er zu berichten, dass die Insel im Volksmund längst den Namen Judaujá statt Guarujá erhalten habe.

Thomas studierte den Plan der Insel, worauf Felix ihm erklärte, dieser Strandabschnitt trage den Namen Praia do Tombo, weil hier früher die Sklaven, deren Arbeitskraft verbraucht war, ertränkt worden waren. Er sei übrigens vielleicht der schönste, aber auch der gefährlichste der ganzen Insel, hier im Hotel sei ein Rettungsposten stationiert, weil Strudel unberechenbar sich veränderten, und eine starke Strömung den unachtsamen Schwimmer aus der Bucht hinauszöge.

Immer noch des kauzigen Alten wegen lächelnd, gingen sie in die Nacht hinaus, um das einzige zu dieser Zeit, da gerade die Saison vorüber war, geöffnete Restaurant zu suchen. Vielleicht waren sie auch eher betroffen gewesen und hatten aus Verlegenheit über den agilen Urgroßvater und sein Weltbild sich entschlossen zu lächeln, in Wirklichkeit aber war es ein beängstigender Blick durch ein umgedrehtes Fernrohr.

Sie sogen die salzige Abendluft ein, gingen zum Wasser hinunter, das sie dröhnend begrüßte.

Aus den Ritzen der Bretterhütten, die wie üblich in unmittelbarer Nähe des Meeres gebaut, nun eingekeilt zwischen Eigentumsferienwohnungen und dem Hotel, und ihnen schon bei der Ankunft aufgefallen waren, drangen breite Lichtstreifen. Dann knirschten ihre Gummistiefel im Sand, manchmal wurden sie von einer höher hinaufreichenden Welle wie in einen See gestellt, in dessen glattschwarzem Wasser sich die Sterne spiegelten.

Obwohl es erst gegen 19 Uhr war, hatten sie stillstehend das Gefühl, fern von allem wie Schiffbrüchige in der Nacht zu treiben. Lena hatte ihren linken Arm unter seinen rechten geschoben, hielt ihn so fest, als wollte die ablaufende Flut ihn mit sich entführen, und glücklich lächelnd flüsterte ihr Thomas ins Ohr. Die Verstimmungen der letzten Tage waren wie verflogen. Der trotz aller Hochhäuser auf der Insel krasse Wechsel von der Stadt ans Meer stimmte sie auf eine Weise heiter, als hätten sie glücklich eine kurze, schwere Krankheit überstanden.

Plötzlich hörte Thomas einen anderen Ton durch das Getöse der Wellen. Das Bellen kam rasch näher. Lena versuchte, Thomas verängstigt zum Licht der Straße zu ziehen. Da kam ihnen die Meute durch den Sand stiebend entgegen, manche hatten ihre Zähne weiß gebleckt, andere bellten wie rasend. Es waren sieben oder acht, große und kleine Hunde, und Thomas, der keine Furcht vor ihnen hatte, war fast hilflos, denn Lena zerrte in Panik an seinem Arm, und er hatte Mühe, aus ihr die entsprechenden Worte der portugiesischen Sprache herauszubekommen, ohne deren Kenntnis seine Abwehrschreie wenig Eindruck auf die Hunde machten, die nach ihren Hacken schnappten. Endlich fielen die erlösenden Worte, und da sie schon nahe an der hell erleuchteten Straße waren, drehten die Hunde ab, keineswegs abrupt, sich sichtlich ihres Sieges freuend.. Lena drehte sich zitternd noch mehrmals um, die Hunde blieben verschwunden.

"Siehst du, wie ängstlich ich bin", rief sie aus, "außerdem verwirre ich dich auch noch und kann dir nicht helfen." Thomas konnte sie kaum trösten und haderte mit dem Schicksal, das ihnen in Gestalt der Favela-Hundemeute, denn unzweifelhaft kamen sie von dort, den Appetit verdorben hatte. Der Weg war aber noch weit, die Straßen menschenleer, und als sie endlich den einsamen Kellner im Restaurant vor sich hindösen sahen, hatten sie den Hunger, den man für ein Churrasco braucht und nur noch die Angst, aus Mangel an Gästen könnte kein Essen serviert werden. Die aufgeschreckte Seriosität des zeremoniellen Kellners wurde empfindlich durch seinen Gehilfen gestört, der erfolglos versuchte, einen Plattenspieler zu bedienen. Die Situation machte sie lächeln.

"Nun sitzen wir in dieser Geisterstadt", sagte Thomas schließlich, nachdem die Bestellung aufgegeben und die Batida für gut befunden war, "die Kulisse der modernen Wohnblöcke, in denen jetzt nur noch die Wächter und die Vermittler der Eigentumswohnungen hausen, versprengte Lichter auf riesigen Tafeln, kann ich nicht mit den elenden Behausungen, derer, die ihre Hunde gegen uns losgelassen haben, in Einklang bringen. Und das in einem Gemeinwesen, das von 2.000 Einwohnern außerhalb der Saison auf 200.000 anschwellen kann. Und die Bautätigkeit dieses einen Mannes hat ja noch kein Ende."

"Und ein Essen, wie wir es uns gerade leisten, kann sich auch ein mittelmäßig verdienender Angestellter niemals erlauben", führte Lena eifrig fort.

"Die Bedingungen für eine Revolution sind in der Tat für Brasilien sehr gut, und die Unternehmer und die Reichen tun alles, um die Bevölkerung durch das Zurschaustellen ihres Reichtums noch zusätzlich zu reizen. Offiziell ist der Import von ausländischen Fahrzeugen verboten, aber in São Paulo sieht man in bestimmten Gegenden die neuesten Mercedes-Automobile, von denen eines hier eine halbe Million Mark kostet. Oder wie soll ein brasilianischer Arbeiter es verstehen, wenn der "Volks", den er sich kaufen möchte, in Brasilien um ein Drittel teurer ist als in Deutschland, obwohl die Löhne in seinem Land viel niedriger sind. Aber ich habe das Gefühl, dass wir in eine Larmoyanz verfallen, die uns den Blick auf die Möglichkeiten dieser seltsamen Völkermischung verstellt. Welch Rhythmus, welche Bewegungen, zu welcher Freude sind diese Menschen fähig!" „Aber zum Denken, zu Leistungen, die über das Feiern des Karnevals hinausgehen, sind sie anscheinend unfähig, und ich kann mich der Vermutung nicht erwehren, dass sie es gar nicht so ungern sehen, wie die dummen Gringos hier arbeiten. Nur leider ist dieser Fleiß zu ihrem Schaden, weil ihr Lebensraum zerstört wird. Ihnen ergeht es so ähnlich wie den Inkas: eine Handvoll westlicher bzw. östlicher Vernunft, die sich darin ausdrückt, etwas haben zu wollen, ein Ziel konsequent zu verfolgen, reicht aus, die Bewohner eines ganzen Kontinents zu Sklaven zu machen. Vielleicht", und Thomas brach ab, weil der Kellner umständlich das Essen servierte, um dann fortzusetzen: "Vielleicht lässt das Klima auch nichts anderes zu."

Sie verglichen ihre Eindrücke von der Fahrt, Lena erzählte von Nils, der Kindererziehung in der brasilianischen Oberschicht, die den Dienstmädchen übertragen wird, damit die Eltern Geld verdienen können. Aber wie so oft in den vorangegangenen Tagen blieb ein leicht schaler Geschmack, der ihnen die unmittelbare Heiterkeit, nach der sie sich sehnten, weiter verwehrte. Selbst der Rückweg zum Hotel unter einem tiefverworren strahlenden Sternenhimmel, in dem Thomas vergeblich Ähnlichkeiten mit dem ihm gewohnten Bild suchte, war durch die sich steigernde Angst Lenas vor der womöglich erneut auftauchenden Hundemeute nicht so ruhig gedehnt wie erhofft. Diese Angst übertrug sich abgeschwächt auch auf Thomas. Hastig gingen sie die Straße entlang, als wollten sie schnell etwas zu Ende bringen, was wie ein unentwirrbares Gefühls-, Eindrucks- und Gedankenknäuel zwischen ihnen unmerklich, während sie es doch sprechend zu entwirren suchten, entstanden war.

Der Wellenreiter

Am Tag darauf kamen sie erst spät vom Schildkrötenstrand zurück. Die Tiere, an die der Name erinnerte, waren längst verschwunden, fast ausgerottet, weil es kaum noch Strände gibt, die vom Badebetrieb verschont sind, und an denen Schildkröten ihre Eier ablegen könnten. So blieben nur ihre riesigen Panzer als Dekoration in den Restaurants, als Name einer Suppe oder eines Strandes. Sie waren müde vom langen Spaziergang entlang der Küste, bei dem sie eine Strecke zurückgelegt hatten, die einen Brasilianer entsetzt hätte, wenn ihm eine solche Zumutung auferlegt worden wäre. Müde waren sie jetzt. Aber auch des sie begleitenden Gegensatzes zwischen den Hanghütten der Armen und den Glasvillen der Reichen an der Uferstraße. Welch' ekelerregende Zurschaustellung: In der BRD haben die Reichen eine stärker werdende Angst, die sie zwingt, sich in ihren Villen und sich mit diesen zu verstecken hinter Zäunen, Bäumen und Alarmanlagen. Es ist die Angst und nicht etwa Zurückhaltung. Beides geht den brasilianischen Reichen völlig ab.

So körperlich und seelisch ermüdet, waren sie an ihre Praia do Tombo zurückgekehrt, standen noch, um sich durch das inzwischen vertraute Bild des ergrauenden Sandes unter aufleuchtendem Himmel beruhigen zu lassen, die Stille durch das Brausen der Brandung zu hören. Die weiße dreifache Linie wechselte wie immer vor der dunkler ergrünenden Urwaldinsel.

Ein größerer Schwarm von Gaivotas und Urubús zog hoch oben langsam seine versetzten Kreise. Längst waren ihre lebhaften Wechselworte verstummt, als sie sich auf einen einsamen Mann aufmerksam machten, dessen gelbes Surfbrett zwischen den Wellen aufleuchtete. ‚Welch unerhörte Ausdauer', dachten beide und sahen ihre aufkeimende Besorgnis durch ein geduldig wartendes Mädchen zwischen den schwarzverwirrten Keilen der Agaven zur Ruhe gebracht. Als sie sich umwandten, um in ihr Hotel zu gehen, schimmerte schon der bleichsurrende Schein der Fernsehapparate durch die Bretter der benachbarten Hütten. Lena verhielt noch einmal ihren Schritt: "Siehst du die tanzenden, aufleuchtenden und verlöschenden Lichtlein?"

"Es sind die Seelen der Ertrunkenen, die sich nicht vom Meer trennen können und die Gefährdeten warnen."

"Ach was", lachte sie, "Glühwürmchen sind's." Und leiser: "Aber dennoch hast du mir Angst eingejagt."

In ihrem Zimmer vergaßen sie in ihrem eigenen Glühen die geflügelten Würmer und den einsam ausharrenden Surfer, der wohl längst seine passende Welle gefunden hatte und in den Armen seiner Geliebten leichter dahintaumeln mochte.

Thomas träumte dann: ‚Hinter der Linie der Hochhäuser nagt die Brandung am Fels, ich gehe dorthin, um mir klarzumachen, wie gefährdet die Häuser sind. Als ich auf das Meer sehe, greift es auch schon nach mir, mich heimtückisch anspringend wie eine riesige weiße Kapsel. Aber ich kann mich dagegen behaupten, obwohl es mich mitziehen will, ich klammere mich mit den Nägeln an den nacktglitschigen Fels, aber ich spüre auch in mir eine Schwäche, der ich fast nachgegeben hätte. Nun steht auf dem Fels ein großes Kreuz, und ich rolle mich dahinter, in Sicherheit, und liege dort, und man hält mich für tot. So schickt man mir Raben, die mein Blut sehen sollen, dann würde man wissen, ob ich lebe oder tot sei. Ich drehe mich so um das Kreuz, dass sie vorbeifliegen. Dann schickt man ein Pferd, das soll mich zertrampeln, aber ich gehe ihm entgegen, und die Wut weicht aus seinen Augen, die werden sanft, und es geht im Schritt neben mir. Zum Schluss - da bin ich wieder kräftiger - kommt ein Rudel Wolfshunde gegen mich gestürmt, aber ich renne ihm entgegen, und sie laufen mit mir mit, hechelnd, und obwohl ich bald sehr schwach bin, fühle ich, dass ich leben soll.'

Thomas erwachte wie fragend, neben ihm im korbgeflochtenen Bett lag Lena und sah ihn mit ihren großen blauen Augen an, als hätte sie schon lange darauf gewartet, dass er erwache, und er war doch nur wenige Minuten fern gewesen.

Manchmal erschien ihr sein plötzlich einsetzender Schlaf wie eine Flucht in eine Gegend, in die ihm zu folgen ihr verwehrt war. Das schmerzte sie. Thomas stand auf und trat ans Fenster: Die Nacht lagerte breit davor, mond- und sternenlos, wie ihm schien, und doch konnte die rasche Dämmerung noch nicht lange gewichen sein. Plötzlich taumelten Scheinwerfer durch das Dunkel, einer, nein, mehrere Wagen holperten den Sandweg zum Strand, und der erste schickte ein gelbflackerndes Licht in die Runde. Die Stille der Szene lag mit einer traumhaften Gefährlichkeit vor der Scheibe. Lena war neben ihn getreten, und er fühlte die wohltuende Wärme ihrer Hand, die seine gefasst hatte. "Es muss etwas geschehen sein", flüsterte sie. "Es ist das Licht eines Rettungswagens." Der Gedanke an jenen einsamen Mann in den Wellen zuckte zwischen ihnen auf, während Scheinwerfer weit aufs Meer hinausfingerten, und die Schatten der vor ihnen hin- und herhuschenden Menschen sich manch-mal verdunkelnd vor die hellstrahlenden Wellenkämme legten.

Ein Grauen war plötzlich in Thomas, als wäre er selber betroffen von diesen hektischen Bemühungen, einen Unbekannten zu suchen, wie eingekeilt zwischen seinen davonstürmenden Gedanken, ohne auch nur die Kraft zu haben, sich ermahnend zuzurufen, dass ihn all dies nichts anginge, als würde er langsam ohne Halt von seinem Automobil an namenlosen Toten vorüber-getragen, deren Blut noch im Regenvorhang dampft, und ohne die Fähigkeit, diese Aufregung in die Wirklichkeit eines Kinosaales transportieren zu können, verwandelte sich sein Schaudern in eine atemlose Bewegung, er lief mit einem knappen Zuruf für Lena hinaus in die Nacht, um nicht ausgeschlossen zu sein.

Er kannte dieses Grauen: er war einmal in einer Hochgebirgshütte gesessen und hatte den schwächer werdenden Rufen eines Verirrten gelauscht, dessen Schreie im Nebel von überall herzukommen schienen, als wären es die Hilfe-seufzer aller Sterbenden, die sich ein näher und ferner kreisendes Tanz-stelldichein gegeben hatten. Wie riesige, nicht schmelzende Eisflocken hatte sich das auf ihn und auf die anderen im kleinen Raum gelegt, ihrer Hilf-losigkeit verzweifelnd, den dumpfen, abgekämpften Gebärden der Ret-tungsmannschaften zusehend, aber jeder lautlos für sich dem schneeig wachsenden Zelt in sich hingegeben. Immer erneut waren Lichter auf die Kerzenhalter gesteckt worden, die normale Ruhezeit war längst vergangen, manche schienen auf den gekreuzten Armen am Tisch zu schlafen. Erst als die Pausen immer länger, die Stimme des Ferneinsamen immer schwächer geworden war, um schließlich keinen Anfang mehr zu finden, erst dann wurden die Kerzen nicht mehr erneuert, und die übermüdeten Männer wankten auf ihre Lager.

Daran dachte Thomas, als er im Taumel der Glühwürmchen durch die Nacht eilte, zu der Stelle, von der die Lichtbalken der Suchscheinwerfer ihren Ausgang nahmen. Als er näherkam, sah er, dass gerade einer der Rettungsschwimmer ein Surfbrett neben den Wagen warf, um gleich wieder zum Wasser zurückzugehen.

Das Mädchen weinte, aber niemand kümmerte sich um sie. Thomas stand starr außerhalb des kleinen Lichtkreises und hörte die aufgeregten, ihm unverständlichen Worte. Er hätte helfen können, aber er tat es nicht. Nicht nur, weil er trotz seiner Ausbildung zum Rettungsschwimmer in diesem ihm immer noch unbekannten Gewässer keine Möglichkeit sah, auch nicht, weil ihm seine extreme Kurzsichtigkeit das Auffinden eines treibenden Körpers - und daran gab es für ihn keinen Zweifel mehr - nun, nachdem das rettende Brett, das die Surfer sich normalerweise am Bein festbinden, gefunden worden war, fast unmöglich gemacht hätte, nein, es war etwas anderes: Thomas hatte Angst vor dem nächtlich brüllenden Meer, seine Angst zwang ihn, still beiseite zu treten, und er schämte sich seiner Angst nicht. Er blieb nicht lange so stehen, sondern wandte sich um und ging zu Lena, um ihr beruhigend zu schildern, dass die Retter den Unbekannten gefunden und schon ins Hotel gebracht hätten. Lena war erleichtert, und obwohl sie Thomas immer noch zürnte, weil ihn seine vermeintliche Sensationslust dort hingetrieben hatte, war sie froh, die

Nachricht des glimpflichen Ausgangs durch ihn gehört zu haben. Sie beschlossen, eine Partie Schach zu spielen. Thomas mixte eine Batida und wie sie dann einander gegenübersaßen am weißrunden Tisch, hätte man wohl glauben mögen, dass es zwischen diesen beiden stillernsten Menschen keine Unstimmigkeiten geben könne.

Nur die hastigen Züge, die Thomas an seinem Glas, seiner Zigarre und auf dem Schachbrett tat, während er die unruhigen Lichter hinter Lena durch die Schwärze des Fensters huschen sah, hätten ihr zeigen können, dass er ungewöhnlich erregt war. Aber sie glaubte wohl, dies käme von der Aufregung, in der sie sich befunden hatten, und Thomas schämte sich ihres stillen Vorwurfes.

Als sie später ans Fenster trat und immer noch die Scheinwerfer sah, erschrak sie, und der Gedanke, Thomas könne ihr die Unwahrheit gesagt haben, betäubte sie, aber seine beruhigenden Worte, dass das Rettungsfahrzeug wohl im Sand steckengeblieben sei und man nun versuche, es zu befreien, nahmen diese Zweifel weg, und bald darauf schienen sie fest zu schlafen.

Am nächsten Tag, als sie im Frühstücksraum saßen, und eine mürrische Mulattin das Frühstück zubereitete, fiel ihnen ein besonders dichter Schwarm von Urubús auf, die sich langsam entlang der Küste vom Wind versetzen, und Thomas trat auf die kleine Terrasse, um die merkwürdigen Kreise der Geier zu beobachten. Immer wieder fiel ein Schatten auf ihn, da an die Hundert dieser großen Vögel gerade zwischen ihm und der Sonne kreisten. Ihn fröstelte dann, als würde er eine Bedrohung wahrnehmen. Er sehnte sich danach, neben Lena in der prallen Sonne zu liegen, die Augen zu schließen und nur die Brandung zu hören.

Den Spuk vom Abend vorher schienen sie vergessen zu haben, sie fragten nicht danach. Während sie aßen, sprachen sie über die deutschen Abzeichen, die überall aufgehängt waren, und einen merkwürdigen Kontrast zu den Palmwedeln vor der Tür bildeten, die sich im Winde drehten.

"Wie mag wohl ein weißblauer Bierkrug und die Vereinsfahne des Münchner Fußballvereins auf die Brasilianer wirken?" fragte Thomas.

"Es ist wie eine Beleidigung des Gastlandes. Der Besitzer des Hotels ist Deutscher. Alles ist auf deutsche Gäste abgestimmt oder auf Deutschbrasilianer, die sich dann wie zu Hause fühlen können. Ich habe es als unpassend empfunden, als der Portier mich plötzlich auf Deutsch fragte, ob ich Deutsche sei, wie eine unsittliche Berührung", erwiderte Lena.

Bald nach dem Frühstück, das sie mit einem Anflug von schlechtem Gewissen genossen, weil ihnen das Ei, die Wurst und der Käse trotz der eigentlichen Unpassendheit geschmeckt hatten, waren sie am Strand. Die Vormittagssonne zeichnete scharf die fernen Linien der Urwaldbäume auf der vorgelagerten Insel, die Felsschatten am steilgetürmten Kap und den verheißungsvolleren Einschnitt des Weges, der sich an einer weißleuchtenden Kapelle vorbei um den Steilhang schlang. Und wieder beschloss Thomas, bald diese Straße zu verfolgen, um endlich festzustellen, ob die Urwaldinsel nicht doch etwa eine Halbinsel wäre. Die Wellen schoben ihren Schneevorhang hin und her, die

Wärme erfasste sie, bald nachdem sie sich in einer Nische des Sandabbruchs niedergelassen hatten.

Die Schlingen der freigespülten Wurzeln schienen sie wie ein zähes Gitter--geflecht gegen das Innere der Insel abzuschirmen und sie an dem Platz festzuhalten. Blinzelnd erkannte Thomas die Schönheit der Bucht, freundlich die Hütten der Armen. Schattenlos leuchteten die Muscheln in der Glitzerglätte des sanft abfallenden Strandes. Da waren keine Flügel mehr zwischen ihnen und der Sonne. Und bald sahen sie nichts mehr, sondern fühlten sich aufgehoben, Haut an Haut, als würde der Sand unter ihnen stärker anfangen zu schwingen. Sie wehrten sich nicht dagegen, dass ihr Atem sich dem umfassenden Heben und Senken anheimstellte.

Thomas spürte noch einschlafend, dass er Zeit und Ort vergaß und dass er in einem weiteren Raum sich ausdehnte, während sich irgendetwas um ihn herum fast schmerzhaft zusammenzog. Er träumte, dass sie am Strande sich sonnten., als plötzlich eine riesige Woge an Land rollte, sie aufnahm und sie hinaustrug auf das weithügelnde Meer.

Ein wütender Aufschrei hatte sich aus seiner Brust losgerissen, brüllend wie ein in einen stillgrünen Hochgebirgssee stürzender Eisstrom vom lange sicher drohenden Gletscher, als hätte jemand mit einem glühenden Eisen gegen seinen Nacken und Hals geschlagen, als wäre sein Leben mit einem vergeblich wilden Aufbäumen von den Wolken zur Erde, von deren abstoßendem Wurf durch ein beschleunigendes Netz über diese weit hinaus ins Nichts geworfen worden: Aufgesprungen war er, als hätte er nur auf der Lauer gelegen wie ein bitterer Wildtöter, der am Lagerfeuer das zierliche Tatzengeräusch vorüberschleichen spürt. Auch Lena hatte sich aufgerichtet und schaute ihn verwundert an wie einen plötzlich gegenständlich gewordenen Traum. Aber es dauerte lange, bis sie begriffen, bis ihre sich nur langsam belebenden Augen wieder einzuordnen begannen, was geschehen war. Die Sonne stand hoch, niemand war bei ihnen, der etwa einen Überfall, den sie immer gewärtigten, verübt hatte, der Strand dehnte sich menschenleer, es war Mittag.

Lena war schlaftrunken wie er, der die Möglichkeiten abtastete, und nun erst bemerkte, dass er nass war. Indem er verblüfft seine Hand zum Haaransatz hob, als wäre er dort geschlagen worden, stellte er fest, dass das Meer zu ihrem Lagerplatz, den sie sicher gewähnt hatten, heraufgekommen war, und nach Thomas, der Lena gegen das Wasser beschirmt, gegriffen hatte. Der Ozean hatte als einzige Beute seine Schuhe mitnehmen können, die so, ohne Segel gesetzt zu haben, in See stachen.

„Das Meer ruft mich, will mich holen", lachte er mit forcierter Heftigkeit, während er seine Schuhe aus dem Wasser fischte, "es soll nicht warten!" Ihre Körper waren heiß vom Sonnenschlaf und vom Schreck, als sie aneinander gepresst, als gelte es Abschied zu nehmen, sich umarmten. Sie retteten ihre durchnässten Kleider in eine höher hinaufreichende Sandnische zwischen dem glattgrauen Agavenfleisch, und zurückkehrend hatten sie nicht weit zu gehen, um ihre Fußsohlen kalt werden zu spüren, dann klatschte die erste Welle gegen sie und sie hatten keine Zeit mehr, die Kälte zu empfinden. Hoch gegischtet kam schon der nächste Kamm auf die zögernd Weitergehenden zu. Thomas ließ sich fallen, um das wütende, bodenlose Zerren des zurücklaufenden Wassers nicht mehr zu spüren und suchte Lena mit hinunterzuziehen. Die aber weigerte sich plötzlich entschieden, riss sich los und stürmte wie gejagt ans Ufer.

Sekundenlang sah er ihren schlanken Rücken im Augenwinkel, dann musste er sich konzentrieren.

Frisch und überlegen nahm er den Kampf an, tauchte unter den nächsten, mehrere Meter hohen Brecher hindurch. Es rieselte durch seine Adern dieses bestimmte Gefühl, als würde er ein Mädchen, das sich ihm hingeben wollte, oder er sich ihr, das erste Mal an ihrer nackten Haut berühren, die weitatmende Bauchfläche oder die sich scharf pressende Schenkelinnenhaut, so warf sich Thomas zwischen und gegen die Wellen, routiniert den Stil variierend, hoch aus dem Wasser steigend, die Arme wie zum Fliegen oder zum Schlagen gebreitet, dann schräg wie die Wellenreiter gegen die stärker konkav, fast zur Höhle werdenden Wassermauern kraulend, dann, den Zusammensturz der zu schäumen beginnenden, hart zuschlagenden Materie erspähend, tauchte er schließlich durch die zappelnde, gläserne Halle hindurch. So hingegeben spielte sein Körper sich selbst, war er, Thomas, abwesend, der saß am Ufer, streichelte den Körper Lenas, lag dort unter den Palmen und sah den Mann draußen im Gleichklang mit den Wellen tanzen.

Mit einem Mal spürte Thomas eine Erschöpfung in seinen Muskeln, ein Missklang war eingetreten, sein rechter Arm war von einer kippenden Welle fast ausgekugelt worden. Während er dem Schmerz nachspürte, wurde er von der unmittelbar darauf folgenden Welle erfasst, herumgewirbelt, dass er dachte, nicht wieder aufzutauchen. Er hatte Wasser geschluckt, bitter benahm es ihm den Atem, so versuchte er, ruhig zu werden, Brust zu schwimmen. Den Kopf über Wasser haltend, blickte er um sich und sah zu seinem tödlichen Erschrecken das Land, die Palmenschwingen weit entfernt, als triebe er auf hoher See.

Mit einem Schlage war Angst in ihm, füllte ihn ganz aus. Während er hustend mit ruckenden Bewegungen, den Kopf krampfhaft über Wasser haltend, versuchte, zum Ufer zurück zu schwimmen, zwang er sich zu überlegen: War er über die letzte Brandungswelle hinausgeschwommen?

Und während er diese quälerische Frage zu beantworten suchte, schoss ihm die Erinnerung an eine Erzählung durch den Kopf, in der ein Mann fast ertrinkt und sich nur durch die Mobilisierung aller Willenskräfte, nachdem der Verstand abgedankt hatte, rettet. ‚Welch Ironie, dass ich das nun denke’, dachte Thomas, ’während meine Glieder sich mit letzter Anstrengung mühen, dort hinzugelangen, wo ich niemanden sehe. Aber ich könnte Lena gar nicht sehen, und sie mich nicht.’ Plötzlich, nachdem er wieder und wieder vergraben worden war, kaum mehr Luft schöpfen konnte, seine Arme und Beine schwer wie fremde Gewichte an sich fühlte, da wusste er, dass er verloren war.

Diese Gewissheit gab ihm merkwürdigerweise neue Kraft, soviel, dass er verzweifelt den Arm hob und winkte, eine lächerliche Bewegung vollführte, deren nicht zur Notiz genommene Absurdität ihm bewusst wurde und die er sofort, untergetaucht, Salzwasser schluckend, ohne noch husten zu können, bezahlen musste, und wieder hügelte eine Welle über ihn, und wieder.

Der Gedanke blitzte in seiner Bewusstlosigkeit auf: ‚Wenn noch eine solche Erschütterung mich erfasst, werde ich nicht mehr auftauchen.'

Die aber kam noch nicht, er begann wieder zu schwimmen, noch führten seine Glieder die in der Kindheit erlernten Bewegungen aus, Hoffnung schien ihm aus dem Gedanken zu kommen, dass ein guter Schwimmer nicht freiwillig ertrinken könne. Aber er wollte ja leben, und er, der so oft daran gedacht hatte, seine letzte Freiheit zu nutzen, um zu sterben, er wollte leben. Mit einer hoffnungslosen Gewalt begann er seine schmerzenden Arme zu drehen, um auf einem glücklich erstiegenen Wellenkamm das zu tun, was er immer gefürchtet hatte: die Hilfe anderer anzurufen. Einmal, wusste er, hatten sie, eine in einer Wand verstiegene Seilschaft im Hochgebirge, Leuchtraketen abgeschossen, um Hilfe herbeizuholen, die dann nicht gekommen war, weil ihre Zeichen nicht gesehen worden waren im Tal. Einmal erst, und nun wieder. Lena würde ihn sehen, Lena muss mich sehen, meinen Kampf, wir sind für einander bestimmt, meine äußerste Not wird sie spüren wie eine Faust. Die Bäume entfernen sich, wie ich mich auch bemühe, die Vögel schwanken weit hinten über den Hügeln der Insel.

Er rief um Hilfe, und er wusste, dass Lena, selbst wenn sie sein Winken - war es das Winken eines Ertrinkenden oder das fröhliche Winken eines Badenden - gesehen, erkannt haben sollte, wusste, dass Lena seine Rufe, die ihm heiser wie Flüstern aus seinem Mund gekrochen kamen, nicht hören konnte im schrecklichen Getöse der Brandung.

Sein Körper war taub, was noch an Leben in ihm war, lag im wiederholten Ruf, während ihn die Strömung hinauszog aus der Bucht, das Wasser in seine Lunge drang, in seinen schreiend geöffneten Mund, schlug eine große, baumhoch sich aufbauende Welle über ihn, und ein Strudel zog ihn hinab, so sehr sich seine erlahmten Arme und Beine auch mühten …

Lena war mit kurzen, trippelnden Schritten im Sand hin- und hergelaufen, sie hatte Thomas' Winken nicht erwidert, das ihr übermütig sicher vorkam, sie wusste nicht um die Ursache ihrer Unruhe. Weder schien er ihr weit draußen zu sein, noch war er übermäßig lange im Meer. Sie sah sein Verschwinden unter den Halden von Gischt und sein Auftauchen - und plötzlich sah sie Thomas nicht mehr. Sie strengte ihre Augen nicht mehr an, durch den Ascheregen, der vor ihr niederging, zu sehen, sie fühlte, dass sein Lachen, das sie sosehr liebte, vergangen war.

Die Bemühungen um die Bergung seines Körpers hat Lena rasch und sicher eingeleitet.

Er war durch den Strudel, der den Einheimischen bekannt war, nahezu stationär, nicht weit von der Stelle, wo die Wellenreiter ihre Aufstellung nahmen, gehalten worden.